괴물이 된 아이들

괴물이 된 아이들

지은이 이옥수, 강미, 정명섭, 주원규, 천지윤
펴낸이 임상진
펴낸곳 (주)넥서스

초판 1쇄 발행 2022년 4월 10일
초판 7쇄 발행 2023년 6월 10일

출판신고 1992년 4월 3일 제311-2002-2호
주소 10880 경기도 파주시 지목로 5
전화 (02)330-5500 팩스 (02)330-5555

ISBN 979-11-6683-249-9 43810

www.nexusbook.com

괴물이 된 아이들

이옥수
강미
정명섭
주원규
천지윤

내친구 Friends

차례

이옥수

청소년들을 '장단이 없어도 노래하고 춤추고, 어둠 속에서도 빛을 내는 찬란한 이들'이라고 생각하는 청소년소설가. 대표작으로는 《키싱 마이 라이프》, 《나는, K다》, 《개 같은 날은 없다》 등이 있다.

1

뭔가 되게 기분 나쁜 꿈이었다. 밤새 누군가에게 쫓겼고 낭떠러지에서 떨어진 게 아득하기만 한 이 느낌이 가시기도 전에 뜬금없이 학교에 간다고 뛰었고, 그런데 뛰어도 뛰어도 학교가 보이지 않아서 입이 바짝 말라 왔다. 그러다가 피투성이가 된 양손을 들여다보며 비명을 질렀다. 이 뒤죽박죽 스토리에서 벗어나기 위해 '이거 지금 꿈이야, 꿈. 일어나야 돼, 일어나야 돼' 하면서도 꿈속에서 또 꿈을 꾸고 혼곤히 빠져들다가 일어나기 위해 몸부림치고, 겨우 정신을 차렸을 땐 그야말로 누군가에게 실컷 얻어맞은 것처럼 번아웃 상태였다. 목이 타서 물을 마시려고 애써 눈꺼풀을 밀어 올리는데 벌어지는 동공 속으로 들어오는 검은 뒤통수. 나는 깜짝 놀라서 발작하듯 튀어 일어나며 소리쳤다.

"누, 누구야?"

그때 뒤통수가 돌아가더니 그 사람이 나를 힐끗 보며 말했다.

"나? 난……."

나는 대답을 듣지도 않고 문틈으로 가늘게 빛이 새어 들고 있는 문짝을 두 손으로 힘껏 밀었다. 삐거덕, 둔탁한 소리와 함께 막혀 있던 햇살이 물줄기처럼 방 안으로 쏟아져 들어왔다. 그때 구석에서 들려오는 또 다른 목소리.

"아, 뭐야? 잠 좀……."

이건 또 뭐야? 정신을 차릴 수 없어서 목소리가 들리는 쪽으로 돌아서려는데, 갑자기 구석에서 사람이 화닥닥 솟구치더니 나를 밀쳐 냈다.

"뭐야? 여긴 어디야?"

나는 낯선 소리들을 뒤로하고 반대쪽 긴 문을 박차고 뛰어나갔다. 두 사람도 후닥닥 내 뒤를 쫓아 나왔다.

그곳은 바다였다. 막 떠오른 태양이 검푸른 수면 위에서 붉게 일렁이고 갈매기가 끼룩거리며 무리 지어 날아다니는 가없는 바다. 나는 생각지도 못한 이 거대하고 낯선 풍경에 어안이 벙벙해져서 입이 딱 벌어졌다.

그때 우리가 뛰어나온 쪽에서 여자 둘이 날카롭게 비명을 질렀다. 내 또래로 보이는 두 여자 중 짧은 머리가 새파래진 얼굴로 입술을 달달 떨면서 더듬거리며 말했다.

"여, 여긴 어디야??"

그 옆에 있는 긴 머리 여자도 눈이 휘둥그레져서 두리번거리다가 우리에게 다가서며 물었다.

"너희들은 뭐야?"

내 뒤를 따라 나왔던 두 명 중 하나인 곱슬머리 남자애가 두 손으로 머리통을 잡더니 얼굴을 일그러뜨리며 간신히 소리를 냈다.

"호, 혹시…… 나, 납치?"

"납치?"

모두가 곱슬머리의 말을 되받으며 망연자실, 극도의 공포와 불안을 느끼며 그 자리에서 무너져 내렸다.

왜, 누가, 무엇 때문에?

나는 납득할 수 없는 이 상황에 할 말을 잃고 멍하니 서 있었다. 앞은 망망한 바다, 뒤는 산, 그리고 방금 전 우리가 나왔던 곳에는 낡은 목선 한 척이 덩그러니 서 있었다.

"여긴 섬?"

"무인도?"

"무인도에 배가?"

"해적선?"

나름대로 한마디씩 던지며 새파랗게 질려 가는 아이들을 보다가 가까스로 정신을 차리고 실마리를 찾기 위해 배로 걸음을 옮겼다. 모두들 암묵적이지만 유기적인 플레이가 유리하다고 판단했는지 내 뒤를 바짝 따라붙었다. 다리는 후들후들, 눈앞은 아득하고 손은 마구 덜덜 떨렸다.

"계세요. 아무도 없어요?"

나무로 된 두꺼운 문을 열고 간신히 소리를 밀어 올렸지만 아무런 기척이 없다.

"누구 없어요. 누구 없냐고요?"

애써 목소리를 좀 더 높였지만 역시 대답이 없다. 문 안으로 조심조심 들어갔다. 배 안의 구조는 생각보다 단순하고, 실내는 아무것도 없이 텅 비어 있어 깨끗했다. 갑판 아래에 선실이 두 개 있었고, 서너 걸음 앞에는 나무로 된 좁은 계단이 있었다. 계단을 올라가 보니 꽤 널찍한 갑판이 나왔다. 갑판 위에도 바다에서 올라온 바람만 웅웅 불어올 뿐, 쥐새끼한 마리도 보이지 않았다. 다시 내려와 우리가 나왔던 선실로 들어갔다. 바닥과 창문 모두 나무로 되어 있는데, 배가 꽤 오래 방치되었는지 나무 색깔이 허옇게 변해 있고 옹이 사이가 검게 썩은 곳도 있었다. 텅 빈 선실은 그냥 나무로 된 네모 상자 같았다.

여기서 우리가 조금 전 눈을 떴고, 그리고…… 도대체 뭐가 어떻게 된 거야? 여긴 어디고, 나는 왜 이곳에 있지? 애써 정신을 수습하며 생각을 더듬다가 깜짝 놀라서 나는 얼른 티셔츠 주머니를 더듬었다. 손끝에 매끈한 종이의 감촉이 느껴졌다. 속이 찌르르했다. 그래, 샤프심에 힘을 주며 한 자 한 자 글을 적었지. 비장한 각오로 마지막 글을 적어 내려가면서 놀라울 정도로 차분해지던 그 순간, '안녕'이라는 마지막 한 줄을 쓰면서 눈물 한 방울을 떨어뜨렸던가? 모르겠다. 그냥 가슴 어딘가 구멍이 생기고, 그 구멍이 넓게 파이고, 그 파인 구멍에 파노라마처럼 펼쳐지던 개같은 내 짧은 생의 날들이 떠올랐을 뿐이다. 엄마, 아빠, 형, 잘 먹고 잘 살아. 찌질한 내 인생은 이렇게 끝장내 줄게……. 깊은 절망과 고독에 가슴이 아려 왔던가? 아니야. 그저 흐흐, 쓴웃음을 날렸던 것 같은데……. 흐흐.

"너, 지금 웃었냐?"

나도 모르게 소리가 입 밖으로 흘렀는지 곱슬머리 옆에 있던 뻗친 머리가 나를 빤히 바라보며 까칠하게 시비조로 말했다.

"어, 뭐."

내가 얼버무리자 녀석이 금방이라도 달려들 것 같은 날카로운 눈초리로 노려보더니 한 발 다가서며 심문하듯 다그쳤다.

"야, 넌 뭘 알고 있지?"

"뭘?"

"이곳이 어딘지, 아니 왜 우리를 납치했는지?"

"몰라."

나는 눈을 치뜨며 싸늘하게 말을 잘랐다. 미친 새끼. 튀어나오려는 험한 말을 가까스로 밀어 넣었지만 녀석은 미심쩍은 듯 계속 나를 힐끔거렸다. 아이들도 서로 경계를 늦추지 않고 의심의 눈초리로 서로를 쏘아보았다. 햇볕은 사정없이 쏟아져 들어오고 아이들은 제각각 횡설수설 혼잣말을 지껄여 댔다. 선실 안의 열기가 폭발할 지경에 이르렀을 때, 다리 사이에 머리를 처박고 쥐어뜯던 곱슬머리가 고개를 번쩍 들며 소리쳤다.

"아, 정말 이게 뭐냐고! 왜 핸드폰도 없는 거야."

핸드폰? 맞다, 내 핸드폰. 핸드폰을 주머니에 넣을까 말까, 넣었다 꺼냈다 한참을 갈등했었지. 뛰어내릴 때 핸드폰이 박살 나면 어떡하지? 가끔 내 숨 막히는 일상의 도피처가 되었고, 좋고 나빴던 기억의 파편들이 저장되어 있는 핸드폰. 그래, 굳이 같이 갈 필요는 없지, 너라도 살아남아라. 나는 혼자 간다. 결국 나는 타인에게 보여 줄 수 없는 흔적과 농담처럼 주고받았던 대화들을 삭제하고 쓸데없는 앱 몇 개를 정리한 후, 핸드폰을 첫 번째 책상 서랍에 내려놓았다. 그리고…… 엘리베이터를 탔고, 비상구 위쪽에 25라고 적힌 초록색 숫자를 보면서 엘리베이터에서 내렸다. 25층. 옥상 문을 열고 나가기 전, 마지막 계단에서 나는 물끄러미 허공을 쳐다보았던가, 아니 두 팔로 머리를 감싸고 쪼그려 앉아서 눈을 감았지. 내 살아온 날들의 미련을 절망 속에 가두던 어느 순간, 눈앞이 아득해지면서 몸이 붕 떴고, 연기처럼 의식이 풀어지면서 뭔가 아련하게 멀어지는 느낌. 맞다, 딱 거기서 필름이 끊어져 버렸다. 그럼, 난 25층 계단에서 납치된 것이다. 왜 하필 나 스스로 이 엿같은 세상과 굿바이 하려던 그 순간에…….

2

"우리, 일단은 피해야 하지 않을까? 여기 이렇게 모여 있다가는……."

"그래, 도망가자."

곱슬머리와 뻗친 머리가 의기투합해서 말했다. 나는 자포
자기한 심정으로 고개를 저었다.

"갈 거면 가라. 난 여기서……."

죽으련다, 이 말은 삼켰다. 긴 머리도 묵묵부답. 잠시 침묵
이 이어졌다. 곱슬머리와 뻗친 머리가 눈짓을 하더니 둘이
나갔다. 그래, 살고 싶으면 도망가라, 멀리멀리.

남아 있는 두 아이와 나는 서로 힐끔거리며 긴장과 공포
속에 온몸이 점점 굳어 가고 있었다. 꽤 오랜 시간이 흐른
후, 두 녀석이 땀에 젖어 후줄근히 돌아왔다.

"섬이라 도망갈 때도 없고, 어차피 뭐……."

곱슬머리가 말끝을 얼버무리며 구석에 기대앉았다. 뻗친
머리도 말없이 벽에 머리를 기대고 눈을 감았다.

두꺼운 나무로 된 창문을 닫으면 숨 막히는 캄캄 지옥이고
문을 열면 태양이 쏟아 내는 빛줄기가 죽어라 들이닥쳤다.
아이들은 뜨거움을 피하려고 문을 열었다 닫았다 하며 극한
의 두려움 속에서 더위와 싸우느라 안간힘을 썼다. 그 모습
을 보고 나도 모르게 괜한 오기가 생겼다.

저 태양을 죽이고 싶다!

나타나지 않은 납치범과는 싸울 수 없지만 저 미친 태양과는 한번 맞서 보고 싶었다. 비칠비칠 걸어서 바닷가로 나갔다. 눈을 부릅뜨고 모래밭에 대자로 누웠다. 역시 홀로 강한 것은 거침이 없었다. 이글이글, 태양이 빛과 열기로 면 반바지에 티셔츠 한 장 걸친 나를 잔인하게 공격해 왔다. 그래, 죽여라. 지금 죽으면 딱 좋겠다. 제발 좀 죽여 줘라. 내가 죽어야 이 세상도, 나를 비난하고 무시하고 비웃고 억압하던 것들도, 이 지긋지긋한 열기도 끝난다. 태양아, 그렇지 않으면 내가 너의 숨통을 끊어 버릴 테다.

"아아아아, 악!"

그래, 자비 없이 거침없이 양보 없이 내 몸을 송두리째 포획하고 갈가리 찢어 태워 버려라. 이 작은 인간이 무얼 할 수 있겠니? 내가 할 수 있는 것은 어쭙잖은 반항과 속울음뿐, 아무것도 없다. 이렇게 발작하듯 몸을 뒤틀며 애써 봐도 안 되더라. 안 되더라고. 나는 안 된다고!

"악, 악, 아아악!"

죽을 것처럼 목이 탔다. 입안이 모래처럼 바짝바짝 말라 갔다. 살갗은 점점 벌겋게 익어서 부풀어 올랐다. 억눌리던 입과 귀가 열리고 메마른 절규가 터져 나왔다. 두 눈에서 울음이 차오르고 흩뿌려지는 물방울이 가슴 언저리를 지나더니, 어느 지점에서는 서늘한 통쾌함마저 불러일으켰다.

"야, 그만해. 그만하라고!"

내 팔을 잡아채는 소리에 눈을 떴다. 곱슬머리가 내 머리 위에서 자신의 몸통만 한 그림자를 드리우며 소리쳤다.

"자, 일어나. 그만 일어나라고, 이러다 너 죽는다."

녀석이 모래밭에서 나를 일으켰다. 그래, 내가 졌다! 솔직히 더 이상 이 타들어 가는 고통을 견딜 자신이 없다. 내 힘으로 도저히 태양의 숨통을 끊을 수가 없다. 또 패배다. 괜찮아. 어차피 난 패배자니까. 난, 초라한 패배자!

나는 곱슬머리가 잡아 이끄는 대로 휘청대며 걸었다.

"자, 물. 물이야."

녀석이 나를 배로 데리고 들어와 구석에 기대 앉히고 쏜살같이 뛰어나가 물병을 들고 왔다. 벌컥벌컥, 물 한 병을 순식간에 목구멍으로 쏟아부었다. 물 한 병의 기적. 죽을 것 같은 세포들이 생기를 얻고 기어이 숨이 터져 나왔다. 고맙다, 내가 죽더라도 지금 하얗게 바랜 네 미소와 이 물 한 병은 꼭 기억할게. 갑자기 머리가 어질어질하면서 눈앞이 아득해졌다.

깜빡 정신을 잃은 모양이다. 내가 눈을 떴을 때, 아이들이 나를 빙 둘러서 들여다보고 있었다. 곱슬머리가 눈을 동그랗

게 뜨고 내려다보며 물었다.

"야, 괜찮아?"

내가 멋쩍어 하며 고개를 끄덕이자, 긴 머리 여자애가 신경질을 내며 쏘아붙였다.

"야, 우리 서로 돕는 차원에서 객기 좀 부리지 말자. 누군 죽고 싶지 않아서 이렇게 있는 줄 알아?"

어느새 내 상의는 흠뻑 젖은 채 물수건으로 대체되어 내 얼굴과 가슴을 감싸고 있었다. 아, 너희들이 나를 살렸구나. 코끝이 찡해져서 일부러 돌아누웠다. 사는 게 뭐라고, 이게 이렇게 고마운 거지. 표현할 수 없는 감정들이 어지럽게 교차했다. 나는 슬그머니 일어나서 젖은 옷을 입었다. 더 이상 환자 코스프레로 민폐를 끼치고 싶지 않았다. 내가 비칠거리며 일어나자 곱슬머리가 내 뒤를 쪼르르 따라 나오더니 나를 계단 밑으로 이끌었다. 그곳엔 작은 문이 있었고 그 문을 열자 어둑한 창고가 있었다. 녀석이 창고 안을 더듬더니 물 한 병을 냉큼 꺼냈다.

"마실래? 유통기한이 지난 거지만?"

내가 고개를 끄덕이자 녀석이 물병을 따서 내밀었다. 나는 또 물 한 병을 입안에 그대로 쏟아부었다. 그런 내 모습을 지켜보던 녀석이 이번에는 창고에서 통조림 깡통을 꺼냈다.

자살각

"이것도 유통기한이 한참 지난 거야. 먹을래?"

내가 고개를 가로젓자 녀석이 계면쩍은 표정으로 깡통을 창고 안에 던져 버렸다. 갑자기 속이 메슥거리고 헛구역질이 올라왔다. 입을 틀어막고 밖으로 뛰쳐나왔다. 모래밭 옆 잡풀 더미에 왝왝거리며 다 토해 냈다. 속을 비우고 나니 배가 무척 고팠다. 유통기한 지난 깡통이라도 먹을까 생각하다가 나도 모르게 헛웃음이 나왔다.

"죽을 놈이 뭘 먹으려고……."

바깥에는 여전히 태양이 악마처럼 달려들었다. 뒤에서 지켜보던 곱슬머리가 내 허리를 밀며 안으로 들어갔다. 나는 녀석의 손길을 뿌리치며 문 앞자리에 뻘쭘하게 앉았다. 그때 긴 머리 여자애가 까칠하게 말했다.

"야, 모두들 이렇게 가만히 있을 거야? 여기서 빠져나갈 방법을 찾아봐야지."

아이들은 서로 멀뚱거릴 뿐 입을 열지 않았다. 한참 후에 짧은 머리 여자애가 앞머리를 꼬면서 긴 머리 여자애를 바라보며 물었다.

"근데 넌 누구야? 그러니까 내 말은, 얘기를 하려면 서로를 알아야 할 것 같아서……. 우린 사실 어디 사는 누군지 이름도 잘 모르잖아."

괴물이 된 아이들

"음, 신상에 대해서는 노코멘트다. 집, 학교, 나이, 기타 등 등. 모두 사절이다. 그딴 거 생각하는 것조차 골치 아프니까. 아, 이름까지도……. 난 보다시피 별 특별할 것도 없는, 평범한 그저 그런 고딩이야."

긴 머리가 매몰차게 말을 딱 자르자 짧은 머리가 갑자기 울먹울먹하며 고개를 끄덕였다.

"맞아, 나도 정말 별 볼 일 없는 고딩인데…… 흑…… 호, 혹시, 우리 마루타 아니야?"

짧은 머리가 눈물이 그렁한 눈으로 모두를 바라보며 말하자 긴 머리가 황당하다는 듯 미간을 찌푸렸다.

"생체실험용 인간. 그렇지 않음 우릴 납치해서 이런 섬에 가둘 필요가 없잖아. 분명해. 누군가가 우릴 마루타로 쓰려고 납치했을 거야. 지금도 우릴 지켜보고 있을지 몰라. 어떤 애를 어떤 실험에 이용할지 관찰 중일 거라고."

짧은 머리가 추측성 발언을 이어 가자 모두 말없이 일어나 구석구석을 훑어봤다. 감시 카메라 같은 것은 눈에 띄지 않았다.

"아니면 비밀 지하조직, 장기 밀매단?"

짧은 머리가 눈치 없이 자꾸 의문을 발사하자 뻗친 머리가 짜증을 내며 돌아앉았다. 나는 오줌이 마려워 슬그머니 밖으로 나왔다. 화장실은 없었다. 그래서 막연히 바다로 향했다. 파도를 헤치며 곧장 앞으로 걸었다. 벌겋게 익은 다리에 파도가 시원하게 감겼다. 바다는 경사가 심했다. 좀 더 앞으로 걸어가자 금세 물이 가슴에 차오르고 목까지 잠겼다. 문득 이대로 조금만 더 들어가면 죽을 수도 있겠다는 생각이 들었다. 이대로 물속에 잠겨서 죽는다면? 등골이 오싹했다. 죽음, 내가 죽음을 이렇게 두려워했나? 나는 죽을 생각을, 아니 죽겠다고 결심을 했었고, 그 죽음은 늘 내 곁에서 맴돌고 있지 않았나? 시공간이 바뀌었다고 죽음도 두려워진 것인가?

나는 팔을 벌려 바다에 몸을 맡기고 숨을 참았다. 아무도 없는 이 바닷가에서 죽는다면 내 죽음을 아무도 모를 것이다. 안 된다. 적어도 내 죽음을 우리 식구들은 알아야 한다. 내가 이 땅에 왔다 간 흔적을 그들의 양심에 거리낄 수 있도록 새겨야 한다. 엄마, 아빠, 형이 내 이름 석 자를 선명하게 간직하도록.

몸을 뒤집어 두 팔을 벌리고 바다의 속살을 가만히 내려다보았다. 헤살을 부리는 빛들이 바다의 속살을 헤집었다. 물결을 따라 수많은 고기 떼와 물풀이 일렁였다. 저것은 바다의 호흡, 일렁이는 호흡 속에 보이는 모든 것이 신기했다. 각

괴물이 된 아이들

각의 색깔을 빛내는 크고 작은 물고기, 잔잔하게 흔들리는 붉고 푸른 물풀들, 크고 작은 바위에 부딪혀 끊임없이 맴도는 물의 살점들이 속속들이 다 보였다. 까짓것, 이래 죽으나 저래 죽으나 그깟 이름 석 자가 뭐라고. 차라리 이 낯선 곳에서 저 물보라처럼 흔적 없이 사라지는 것도 괜찮겠다는 생각이 들었다. 지금 당장 숨이 끊어져서 내 시체가 물 위를 둥둥 떠다닌다면? 그렇다면 물고기들이 내 몸뚱이에 달려들어 시퍼렇게 부풀어 오른 살점을 마구 파먹겠지. 그런 생각이 들자 으스스 몸이 떨렸다.

3

하루해가 이렇게 긴 줄 처음 알았다.

아직도 태양은 죽일 듯이 달려들고 피할 곳도, 갈 곳도 없었다. 저놈의 태양이 나를 하얗게 말려 죽이고 말 것이다. 미움과 원망을 담아 눈뿌리를 세우고 노려보아도 빛줄기는 잔인하게 내 동공을 찔러 댈 뿐, 좀처럼 누그러들지 않았다.

목이 타들어 갔다. 물, 지금 내게 시원한 물 한 모금을 준다면 영혼이라도 팔 수 있을 것 같았다. 산으로 올라가자. 그곳에 가면 혹시 샘을 만날 수도 있지 않을까. 나는 일어나 산을 올랐다. 나는 잡풀과 가시넝쿨이 무성한 길을 헤치며 산으로 올라갔다. 길이 없는 곳을 헤치고 가려니까 열기에 익어 버린 다리와 팔이 가시와 풀에 쓸려서 몹시 따가웠다. 나뭇가지 하나를 꺾어서 이리저리 길을 내며 천천히 걸었다. 나뭇가지에 앉았던 산새들이 화들짝 놀라서 날아가고 풀벌레 소리가 간간이 들려왔다. 그럼에도 이곳은 참 고요하고 적막했다. 산을 오를수록 땀에 전 옷은 몸에 감겼고 온몸은 용광로같이 달아올랐다.

졸졸졸. 물소리다. 눈이 번쩍 뜨였다. 허겁지겁 달려가 흐르는 물을 정신없이 마셨다. 물을 마시니 이제 좀 살 것 같았다. 다시 산길을 올랐다. 드디어 정상, 활짝 열린 시야에 사면이 훤하게 들어왔다. 여기저기 둘러봐도 끝도 없이 펼쳐진 바다. 이곳은 정말 그 바다 한가운데 떠 있는 작은 섬이었다. 이쪽저쪽 눈을 씻고 봐도 사람의 흔적은 없었다. 꼼짝없이 갇혔다. 저 바다를 헤치고 이 섬에서 도망갈 방법은 없을 것 같았다. 어쩐지 두려움보다는 속이 시원해지는 느낌이 들었다. 뭘 더 두려워해야 할까. 이곳은 집, 아니 학교에서 멀리 떨어진 섬인데. 나를 옥죄는 것들도 없는데, 좋잖아? 얼마나 이런 곳으로 도망치고 싶었니? 도망칠 수 없어서 끝장내려고 했잖아. 비록 내 선택은 아니었지만. 그리고 납치범의 흉계가 뭔지는 몰라도 이런 곳으로 왔잖아. 그럼 됐지. 수많은 생각들이 실타래처럼 엉켰다가 풀어지고 또 엉켰다.

얼마나 지났을까. 하루의 끝자락에서 수평선이 물들기 시작했다. 저놈의 태양은 죽는 순간에도 붉은 피를 온 바다에 뿜어내고 있구나. 저 시뻘건 피를 받아 내며 철썩철썩 요동치는 바다의 고통이 저릿하게 느껴졌다. 갈매기의 아우성이 들린다. 너희도 오늘 하루 참 많이 힘들었구나. 조금만 참자. 이제 곧 저 검푸른 깊은 곳에 자신을 던져 하루를 속죄하는 저 붉은 것을 보리라.

다시 배로 돌아오니 아이들은 여전히 오종종 모여서 불안에 떨고 있었다. 한군데 모여서 마치 얇고 투명한 막에 갇힌 듯 소리 없이 흐느적거리는 아이들의 모습이 유령들 같았다. 어둠이 내리자 드디어 나무 창문을 활짝 열 수 있었다. 열린 창의 넓이만큼 달빛이 들어왔다. 나는 표 나지 않게 슬금슬금 아이들을 관찰했다.

아이들 중에서 그나마 의연해 보이는 것은 뻗친 머리였다. 큰 키에 시원한 이마와 두꺼운 눈썹, 그 밑에 부리부리하게 빛나는 두 눈, 제법 시커먼 구레나룻, 돌출된 광대가 좀 고집스럽고 한 성깔 할 것처럼 보였다. 짧은 티셔츠에 드러난 역삼각형 몸매와 단단한 근육이 운동깨나 한 것 같았지만 습관처럼 엄지를 까닥거리는 모습이 불안정해 보였다.

나를 살려 준 곱슬머리는 키가 작고 몸은 호리호리했지만 얼굴이 동그랗고 코가 오똑한 게 어디서나 볼 수 있는 친근한 모습이었다. 반짝이는 큐빅 귀걸이와 딱 붙는 쫄바지, 길게 늘어진 셔츠, 스니커즈를 보면 외모에 신경 쓴 티가 났다. 사람을 볼 때 고개를 빼고 눈을 치뜨는 버릇이 있지만 장난기 가득한 눈매가 따뜻해 보였다.

여자애들 중에 짧은 머리 여자애는 얼굴이 통통하고 오목조목 예쁘게 생겼는데, 유난스레 앞머리를 가만두지 않았다. 연신 손으로 쓸어내리고 손가락 빗질을 하다가 까뒤집기도 했다. 욕구 불만에 가득 차서 씩씩대거나 징징거리다가 눈물을 닦는 모습이 안쓰럽게 보였다.

미간에 주름이 잡힐 정도로 신경질적인 긴 머리 여자애는 키가 크고 얼굴이 조그맣고 눈썹이 짙었다. 청바지에 흰 티셔츠를 입은 몸이 가냘프게 보였지만 눈을 내리깔고 사람을 볼 때는 차갑고 냉정한 기운이 묻어났다. 특히 입을 삐쭉 내밀고 사람을 뚫어져라 쳐다보는 모습에 적의가 담겨 있었다.

저 아이들은 누굴까? 어떤 집에서 어떻게 살았을까? 저 애들도 나처럼 힘들었을까? 하긴, 이 엿같은 나라에서 살아가는 아이들이 힘들지 않았다면 거짓이겠지. 살아간다는 것은

괴물이 된 아이들

무엇일까? 시간이란 모호함 속에서 남는 것은 아무것도 없다. 지나온 것은 보이지도 않고 만질 수도 없다. 만약 우리가 살아온 시간들을 한곳에 펼쳐 놓을 수 있다면, 눈덩이처럼 꽁꽁 뭉쳐서 쌓아 놓을 수 있다면 얼마나 넓고 높을까? 그러나 연속되는 시간들이 다 가져가 버렸다. 펼칠 수도 뭉칠 수도 없는, 이 사라질 것들을 위해 우리는 왜 이렇게 힘들어해야 할까? 지금 여기가 어디든, 누가 우릴 납치했든, 죽이든 살리든 무슨 상관이야. 이 또한 시간이란 괴물에게 오롯이 잡아먹히고 없어질 텐데. 그래, 죽일 테면 죽여라. 생체 실험이든, 비밀조직의 장기 적출이든, 나를 조각낸다고 해도 죽기밖에 더 하겠어? 속에서 악다구니가 치받치면서 비장한 마음이 들자 두려움도 가셨다. 다만 열기에 익고, 가시에 쓸리고 찔린 몸이 만신창이가 되어 고통스러울 뿐이다.

"씨발, 도대체 언제까지 이렇게 놔둘 건데? 죽이든 살리든 빨리 끝장을 내라고!"

창 쪽에 비스듬히 기대고 있던 뻗친 머리가 갑자기 단말마 같은 분노를 쏟아 냈다. 모두들 깜짝 놀라서 고개를 들었고 곱슬머리가 혼잣말처럼 중얼거렸다.

"냅둬. 어차피 이생망이야. 다음 생에 태어난다면……. 구려, 모든 게 존나 구려. 안 태어난다. 존나."

"미친. 출생지를 선택할 수 있다면 이 구린 세상에 왜 태어 났겠냐?"

긴 머리가 비웃듯이 내뱉자 곱슬머리가 소리를 억누르며 고개를 저었다.

"맞아. 절대, 네버, 네버, 안 태어난다. 진짜 내 인생 유치 원 때 빼곤 좋은 날이 한 번도 없었어. 개같아. 아니, 지옥이 야, 지옥, 지옥에 던져진 거야. 날마다 지옥이었어. 지독한. 그렇다고 진심 죽고 싶은 건 아니었어. 살기 싫었을 뿐이야. 진짜 힘들어서, 살 수가 없어서 죽으려고 했던 거야. 그 방 법밖에 없잖아. 그런데 내가 그은 손목을 보고 뭐라는 줄 알 아? 내가 괴물 같대. 맞아, 나 반인반수. 괴물이 맞을 수도 있어. 흐흐."

녀석이 억지웃음을 흘리며 시나리오를 읽듯 이어 갔다.

"한번은 빡쳐서 달려들었더니 같이 죽자고 악을 쓰더라. 근데 생각해 보니 저승까지 같이 갈 필요가 없는 거야. 저승 가서도 쪼들릴 것 같아서. 그래서 조용히 혼자 가기로 했는 데…… 뭐야, 이렇게 끌려와서 내 맘대로 죽지도 못하고."

횡설수설하는 녀석의 목소리에서 물기가 흠뻑 배어 나왔다.

"얼마 전에 그 새끼…… 먼저 죽은 내 친구, 그 새끼가 문 자 보냈더라. 이제 자유를 얻은 것 같다고, 이렇게 편할 수가 없다고. 씨발 개자식. 아무렇지도 않게 허허대더니, 지 혼자 먼저 간 거야. 야비하게."

곱슬머리의 말이 끝나자 긴 머리가 깜짝 놀란 듯 눈초리를 올리고는 소리를 낮춰 물었다.

"설마, 우리 모두 자살각이야?"

잠시 서로를 쳐다보다가 모두들 고갯짓으로 수긍했다. 어둡고 무거운 침묵이 짙게 깔리면서 공기마저 가라앉았다. 긴 머리가 비밀을 공유하는 자의 은밀한 목소리로 뻗친 머리를 가리키며 말했다.

"너도? 넌 언제?"

뻗친 머리가 생각보다 담담하게 대답했다.

"여기 오기 직전에."

"나도. 바로 그날."

"나돈데."

아이들의 고백에 나도 모르게 속이 부르르 떨리며 공통점을 찾았다고 생각했다. 순간 씨발, 이런 게 무슨 반가운 일이라고 신기해하는 내가 역겨워 울컥 속이 치받쳤다.

"이유는? 난 성적."

"나도."

"난 성적보다는 비교. 결국 성적인가?"

곱슬머리가 누가 들으면 큰일이라도 난다는 듯 주위를 살피며 물었다.

"방법은? 난 옥상."

"나도 옥상."

"난, 동맥. 늘 손목에 했거든."

곱슬머리가 팔을 들어 상처를 보여 주었다. 꽤 여러 번 그었는지 달빛에 비춰 봐도 굵고 가는 줄이 촘촘하게 나 있었다. 그래서 이 무더위에 긴팔을 입었구나. 어쨌든 이제 모두들 알량한 자존심은 걷어치우고 서서히 정체를 드러내고 있었다. 비통했지만 쓴웃음이 났다. 같은 경험자, 동질감, 웃기지만 그딴 거 때문에 말은 좀 통하겠구나, 하는 생각에.

"그런데 우리 같은 애들을 왜 데려왔을까? 그보다 어떻게 쏙쏙 뽑아냈지? 너희들 뭐, 남긴 거 있냐? 컴터나 핸폰에."

긴 머리의 물음에 뻗친 머리가 생각에 잠긴 듯 천천히 입을 열었다.

"있을 거야. 죽는 방법에 대해서 몇 번 검색도 했고……. 그리고 같이 체대 입시 운동하던 애에게 인사를 남기기도 했지. 그동안 내가 끼적거렸던 블로그도 정리했고. 하여튼 흔적이 있었을 거야."

"나도 비슷할걸. 혹시 빅데이터, 알고리즘?"

곱슬머리가 동조하는 눈빛으로 말하자 뻗친 머리가 자포자기하듯 읊조렸다.

"어쨌든 결론은 이 무인도에서 죽는 거잖아. 끝장난 인생, 멀찍이 데려다 폐기 처분 하려는 개수작에 걸려든 거야."

자살각 동지들이 팩트를 찾아서 나름 결론을 내리고 있었지만, 나는 가렵고 따갑고 화끈거리는 것 때문에 미칠 것 같았다. 참다못해 온몸을 벅벅 긁었더니 살점이 묻어나고 손톱에 핏물이 들었다. 아이들 보기에 민망해서 참으려고 했지만 나도 모르게 잇새로 자꾸만 신음이 흘러나오는 것은 어쩔 수 없었다.

"얘, 정말 많이 아픈가 봐. 내가 뭐 좀 도와줄까?"

곱슬머리가 안타까워하자, 뻗친 머리가 인정머리 없이 냉큼 뼈를 때렸다.

"야, 너 죽으면 안 되겠다. 너, 옥상에서 떨어져 죽으려고 했지? 옥상에서 떨어지면 되게 아프대. 뻥인지도 모르지만 떨어지는 순간 엄청 후회한대. 떨어지면 금방 딱 죽는 게 아니고, 머리통이 부서지고 갈비뼈가 으스러지는 고통을 고스란히 다 느끼고 죽는다고. 진짜 엄청 고통스럽다는데?"

긴 머리가 같잖다는 듯 뻗친 머리에게 한마디 했다.

"그러는 넌?"

"그래서 나도 옥상 말고 한강 갈 생각도 했지."

뻗친 머리의 대답에 곱슬머리가 픕, 웃으며 끼어들었다.

"교실에서 애들이 하던 얘기가 진짜 다 나오네. 요즘 한강물 차갑나? 밧줄 갖고 올 사람? 연탄 한 장 800원, 자살각 선다. 그러지 말고 걍 나처럼 따뜻한 욕조에서 간단하게 쓱, 괜찮지?"

아, 이 개자식. 진짜 개념이 없는 건지 미친 건지, 같이 죽자는 말을 농담처럼 마구 지껄이다니. 욱하고 화가 치밀어서 한마디 하려는데, 뻗친 머리가 먼저 성질을 팍 냈다.

"조용히 해라. 죽는 게 장난이냐?"

"명령하지 마라. 존나 기분 더러워지니까."

곱슬머리의 은근한 위협에 잠시 어색한 침묵이 흘렀다.

"아, 진짜, 배고프다."

"나도 개 고파. 어차피 죽을 거지만 굶어 죽긴 싫은데."

"굶어 죽는 게 그나마 고통이 덜하다는데?"

"개소리. 배고파서 눈깔 뒤집히면 시체도 뜯어 먹는다잖아. 조난당한 배에서 그랬대. 실화라는데?"

"시체를 뜯어 먹으면 죄책감, 그딴 건 없을까?"

"살기 위해서라는 명분으로 땜빵 하겠지."

아이들이 탄식하듯 하는 말에 갑자기 내 눈앞에서 아까 본

괴물이 된 아이들

깡통들이 왔다 갔다 했다.

"야, 우리 이러지 말고 유통기한 지난 깡통이라도 먹을래?"

곱슬머리의 말에 누가 먼저랄 것도 없이 순식간에 모두들 일어나 우르르 달려 나갔다. 나도 벌떡 일어나 비굴하게 어기적어기적 창고로 향했다.

4

어둠이 내리자 태양을 피해서 구겨져 있던 아이들이 모두 깨어났다. 뻗친 머리가 일어나 비칠비칠 밖으로 걸어 나가자 뒤이어 하나둘 밖으로 나갔다. 나는 조용히 그림자처럼 움직이는 아이들을 보면서 가만히 누워 있었다. 귀를 기울이니 거친 파도 소리가 끊임없이 단조로운 리듬으로 철썩거렸고 간간이 고막을 찢는 녀석들의 아우성도 들렸다. 저것은 억압하는 세상과 타들어 가는 태양으로부터 해방되었다는 느낌으로 부르는 자유의 노래일까? 이 초라하고 비참한 자유도 자유라고 할 수 있을까? 돌이켜 보면 내 인생의 자유는 많이 잡아도 딱 초등학교 때까지였다. 중딩이 되고 성적표가 손에 들린 순간, 내 자유는 굳게 차단되었다. 몸부림치며 죽어라 외우고 또 외워서 흡족한 성적표를 내밀었을 땐 모든 게 용서되었지만, 그렇지 않으면 늘 잘난 형과 비교하며 사정없이 내 자존심을 짓밟았다. 나를 한심한 벌레처럼 바라보던 형, 성에 안 차는 아들을 폭력으로 다스리던 아빠, 철저하게 내 일거수일투족을 감시하던 엄마, 모멸과 열패감에 작아져 가던 내 모습. 그래, 자유다. 초라하고 비참해도 언제까지 누릴 수 있을지 몰라도 자유는 자유인 거다.

"아아아아악!"

바깥에서 죽음을 앞둔 짐승 소리 같은 처절한 비명이 들려왔다. 드디어 올 것이 왔구나. 나는 공중 잡이로 튀어 일어났다. 바깥으로 살금살금 나가 보니 여러 명의 소리가 합쳐진 비명이 끊겼다가 이어지고 또 끊겼다가 길게 이어졌다. 도대체 지금 무슨 일이 일어나고 있는 거지? 드디어 납치범의 살해가 시작된 모양이다. 나는 황급히 배 그림자에 몸을 숨기고 눈길로 소리를 좇았다.

달빛에 비친 검은 그림자들. 해변에 셋, 저 멀리 바다에 하나, 아무리 찾아도 그 이상 다른 머리통은 보이지 않았다. 그때였다. 바다 저쪽에서 두 팔을 높이 든 검은 머리통 하나가 바다에 잠겨 가고 있었다. 앗, 위험하다. 바다는 급경사다. 더 잠기면 죽는다. 나는 더 생각할 겨를도 없이 무작정 달려 나갔다. 돌진하듯 파도를 가르고 물살을 헤치며 앞으로 나갔다. 가까스로 머리통 앞에 이르렀다. 다짜고짜 손을 내밀어

괴물이 된 아이들

어깨를 붙잡고 끌어 올렸다.

"야, 위험해! 빨리 나가자."

긴 머리였다.

갑자기 긴 머리가 고개를 획 돌려 발악을 했다.

"다, 죽어. 죽자고! 죽어 버리면 되잖아."

한입에 집어삼킬 것 같은 검은 물결과 밀납처럼 하얗게 바래 가는 긴 머리의 얼굴이 내 눈앞에서 비현실처럼 교차했다. 두려움에 눈앞이 아득해졌다. 그때 인간의 눈이라고는 도저히 믿기지 않을 정도로 붉은 짐승의 눈이 이글거리며 저주하듯 나를 노려보았다. 분노에 찬 붉은 눈빛이 당장이라도 나를 살라 버릴 것 같았다. 극도의 두려움에 나도 모르게 손이 툭 떨어졌다.

"죽이라고! 죽여!"

긴 머리는 내 가슴을 마구 쥐어뜯으며 울부짖었다.

"죽으면 끝나잖아. 내가 죽겠다고!"

소리가 멈추는 순간, 긴 머리가 서서히 바다에 잠겨 갔다. 수면에 흩뿌려진 머리카락이 검게 퍼져 나갔다. 나는 엉겁결에 머리카락을 헤치고 긴 머리의 목덜미를 잡아당겼다. 긴 머리가 이리저리 흔들리며 나를 떨쳐 버리려고 마구 버둥댔다. 물은 점점 더 차오르고 호흡은 터질 듯이 가빠졌지만 긴 머리를 붙잡은 내 손엔 더욱 힘이 들어갔다. 긴 머리는 푸푸, 헐떡이며 떠올랐다 가라앉기를 반복했다.

"안 돼!"

나는 두 팔을 긴 머리의 목에 두른 후 안간힘을 쓰며 위로 들어 올렸다. 그 순간 긴 머리가 눈을 번쩍 뜨고 나를 노려보았다.

"놔, 놔!"

나도 모르게 울음이 터져 나왔다.

"안 돼. 제발!"

내 애원에도 아랑곳없이 긴 머리는 몸을 비틀며 나를 떨쳐 내려 애썼다. 그렇게 둘이 얼마나 엎치락뒤치락 용을 썼을까. 결국 긴 머리가 내 품 안에서 허물어지며 서럽게 울었다. 나는 긴 머리를 안고 모래밭으로 나왔다. 물이 뚝뚝 흐르는 긴 머리를 모래밭에 눕히고 얼굴을 덮은 머리카락을 쓸어 넘겨 주었다. 달빛에 비친 하얀 얼굴이 새치름했다. 눈을 꼭 감고 있다가 금방이라도 장난이라는 듯 활짝 웃으며 일어날 것 같았다. 맞다. 평범한, 지극히 평범한 작은 사람이 여기 누워 있다. 십 몇 년의 짧은 삶이 상처와 아픔으로 얼룩진, 결코 위로받지 못한 작은 아이가. 나는 긴 머리의 차가운 손을 가만히 잡았다. 내 희미한 온기라도 나눠 줄 수 있다면……

몸부림치며 괴성을 질러 대던 세 아이도 어느새 모래밭
에 엎어져 심장을 찢을 듯이 목 놓아 울다가 가끔씩 발악하
듯 악악 소리를 질러 댔다. 그래, 발악이다. 살고 싶다고, 살
려 달라고, 아무리 애원해도 누구 하나 손잡아 주지 않던 매
정한 세상에 대한 발악이다. 인간을 한낱 성적으로 1, 2, 3,
4, 5, 6, 7, 8, 9로 등급을 매기는 비열한 세상에 대한 발악이
었다. 그래, 이 낯선 곳에서 우리끼리라도 발악해 보자. 언제
우리의 발악이 끝날지 모르지만 이젠 두렵지 않을 것 같다.
타들어 가는 붉은 눈으로 아무리 몸부림치며 발악해도 저 검
푸른 바다는 묵묵히 받아 줄 테니까.

5

여전히 태양은 붉게 타올랐다.

　밤새 모기에 뜯긴 아이들은 모두 죽을상이었다. 목마르고
배고픈데 가렵고 따갑기까지. 온몸을 피가 나도록 긁고 긁
어도 시원치가 않았다. 사정없이 쏟아지는 저 햇빛만 없다면
모래밭에 가서 뒹굴기라도 할 텐데. 태양빛이 뜨거워서 살인
을 했다는 어느 소설의 주인공이 백퍼 이해되었다.

　"물이나 깡통 남은 거 있나 찾아볼까?"

　얼굴이 울긋불긋 벌집 같은 곱슬머리가 손톱으로 부풀어

오른 자국을 꾹꾹 누르며 일어섰다.

"혼자 먹기 없기다."

뻗친 머리의 경고에, 곱슬머리가 불쾌하다는 듯 뻗친 머리를 한 번 쳐다보더니 밖으로 나갔다. 한참 후에 곱슬머리가 들고 온 것은 유통기한 지난 물 2병과 옥수수 통조림 5개.

"납치범은 우릴 굶겨 죽이려고 작정한 것 같아. 굶어 죽은 시체가 필요한 걸까?"

곱슬머리가 힘없이 물과 깡통을 바닥에 내려놓으며 중얼거렸다. 물을 본 순간 나도 모르게 약속을 잊고 본능적으로 손이 먼저 나갔다.

"야!"

긴 머리가 나를 노려보며 앙칼지게 소리쳤다. 나는 얼른 손을 거둬들였다. 어제 허겁지겁 깡통 한 개씩을 따 먹고 다음 깡통을 노리고 있을 때, 긴 머리가 제안했었다. 이제부터 뭐든 함께 나누어 먹기로.

"자, 물부터 한 모금씩 돌아가며 마시자."

곱슬머리가 물병을 들고 말했다. 긴 머리와 짧은 머리가 일어나자 모두들 선실 중간에 놓아둔 나뭇가지를 치웠다. 잠잘 때 어떤 일이 있을지 모르니까 다 같이 한곳에서 자기로 하고, 나뭇가지로 남자, 여자 경계를 나눠 놓았던 것이다.

"너부터 먹어."

곱슬머리가 긴 머리에게 물병을 건네자 짧은 머리가 일단 한 병은 남겨 두고 한 병으로 나눠 마시자고 했다. 곱슬머리가 먼저 물을 마시자 모두들 숨죽이며 그 모습을 지켜보았다. 물병이 손에서 손으로 건네지고 마지막 내 차례까지 왔을 땐 물이 거의 바닥이었다. 나도 모르게 속에서 불만이 차오르고 화가 나서 남아 있는 물병에 눈이 갔다. 그러자 곱슬머리가 얼른 등 뒤로 물병을 치웠다. 물 한 모금의 소중함. 가슴이 저릿했다.

"우리 일단 움직이자. 언제 나타날지 모르는 납치범을 마냥 이렇게 기다릴 순 없잖아. 산에 올라가서 뭐라도 찾아보자."

긴 머리의 제안에 모두들 마지막 만찬인 깡통 한 개씩을 먹은 후 산으로 올라갔다. 산 중턱쯤에서 우리는 둘과 셋, 두 팀으로 나눴다. 나와 곱슬머리, 여자애 둘과 뻗친 머리가 같이 가기로 했다.

"뭐든 먹을 것을 찾으면 함께 나눈다는 것 잊지 마."

뻗친 머리가 뒤돌아보며 한 번 더 언질을 주었다.

햇볕이 가시가 되어 사정없이 상처를 찔러 댔다. 가려워서 긁었던 곳에서 진물이 흘러내렸다. 정말이지 미치고 팔짝 뛴다는 것이 이럴 때 쓰는 말인 것 같았다. 산 중턱쯤 올라왔을 때, 나는 더 이상 참을 수 없어서 나무 밑에 쪼그려 앉았다. 곱슬머리도 말없이 내 옆에 앉아서 얼굴과 팔을 꼬집기도 하고 주먹으로 치다가 득득 긁어 댔다. 왠지 나도 모르게 마음이 서글퍼져서 자꾸 눈물이 났다. 눈에 힘을 꼿꼿이 주고 하늘을 올려다보았다. 하늘에 대고 소리라도 한바탕 지르면 좀 나을까?

"야, 저거 뭐야?"

곱슬머리가 내 무릎을 툭 치며 푸른 잎사귀가 너울거리는 나무를 가리켰다. 내가 주먹으로 눈의 물기를 찍어 내는 사이, 곱슬머리가 쪼르르 달려가 검붉은 열매를 따 왔다. 산뽕나무 오디였다. 언젠가 외갓집에 갔을 때 먹었던 오디. 나는 허겁지겁 달려가 뽕나무에 매달렸다. 열매는 눈이 돌아갈 만큼 달콤했다. 한참을 정신없이 따 먹다가 돌아보니 곱슬머리의 입술이 새까매져 있었다. 내가 곱슬머리의 입을 가리키자 곱슬머리는 나도 마찬가지라는 듯 내 입을 보고 웃었다. 우리는 오디를 따서 곱슬머리가 입고 있던 셔츠에 담았다. 나도 거들어서 제법 많은 오디를 땄다. 오디의 단맛을 보고 나니 뭔가 생기가 좀 도는 것 같았다. 어제처럼 졸졸 흐르는 물도 발견했다. 쪼그리고 앉아서 연거푸 두 손에 물을 담아 흡입하고, 그런 다음 빈 병을 가지고 와서 물을 받아 가자고 했다.

"히, 우리 〈나는 자연인이다〉에 출연한 것 같지 않냐?"

쓴웃음이 났다. 지금 몰골로는 자연인이 아니라 그냥 거지 중에서 상거지나 다름없었다. 하나 있는 옷은 땀과 바닷물에 절어서 색깔을 알아볼 수 없을 만큼 더러웠고, 상처로 가득한 몰골은 전쟁터에서 돌아온 패잔병 같았다. 우리들은 반대편 산에서 아래를 내려다보았다. 우리가 있던 저쪽 바닷가와는 달리 이쪽은 웅장한 바위산이 바다를 끼고 펼쳐져 있었다. 한 발만 잘못 디디면 절벽으로 떨어질 것 같았다.

"저기 뭐가 보이지 않니? 저 바위 사이에 무슨 집인가? 상자인가? 저기……."

앞서가던 곱슬머리가 손가락으로 바닷가에 있는 큰 바위를 가리켰다. 정말 뭔가가 보였다. 무슨 네모 상자 같은 게.

"혹시 납치범이 살고 있는 곳?"

"가 볼까?"

"안 돼, 아이들하고 함께 의논하고 가야지."

그때였다. 멀리 산꼭대기쯤에서 자지러지는 비명이 들렸다. 곱슬머리와 나는 눈빛을 교환한 뒤 소리가 나는 쪽으로 급히 올라갔다. 한참 올라가다 보니 웅성웅성하는 아이들 소리가 들렸다. 나는 손으로 곱슬머리를 제지한 후 나무 뒤로 몸을 숨겼다.

"조금만 참아. 자, 날 붙잡고…… 그래, 그렇게."

익숙한 얼굴들이었다. 그곳에 가 보니 뻗친 머리가 웃통을 벗고 머리를 흔들며 흐르는 땀을 털어 내고 있었다.

"뱀에 물린 것 같아."

긴 머리의 발등에 뻗친 머리의 티셔츠가 둘둘 감겨 있었다.

"야, 뱀독은 빨아내야 해."

곱슬머리가 다짜고짜 달려들어 티셔츠를 풀더니 다시 발목에 꽉 묶고는 긴 머리의 부풀어 오른 발등에 입을 댔다. 그러고는 한참 동안 빨고 뱉어 내고, 또 빨고 뱉어 내고를 반복했다. 정말 대단한 아이였다. 자신의 발등을 빨고 있는 곱슬머리를 내려다보는 긴 머리의 두 눈이 금방 눈물이라도 떨어질 것처럼 그렁그렁했다.

긴 머리를 번갈아 업거나 부축하면서 산을 내려와 배에 눕혔을 땐 모두가 녹초가 되어 있었다. 긴 머리는 산딸기를 따 먹다가 뱀에 물렸다고 했다. 상처를 보니 벌겋게 퉁퉁 부어올라 있었다. 번뜩 소독을 하거나 뱀독을 희석시켜야겠다는 생각이 들었다. 짠 바닷물이 떠올랐다. 나는 서슴없이 긴 머리에게 등을 돌려 앉았다.

"자, 업혀."

괴물이 된 아이들

내가 긴 머리를 업으며 대충 설명하자 아이들도 수긍하고 따라 나왔다. 모두 바다에 들어갔다. 긴 머리도 시원하다면서 물속에서 잘 놀았다. 모두들 물속에서 고기를 잡는다고 허우적대다가 바위에 붙은 바닷말과 조가비를 뜯느라 정신이 없었다.

"야, 우리 뒤쪽 절벽 아래에서 바위 사이에 있는 무슨 집 같은 것을 봤어. 혹시 그곳에 납치범이 살고 있지 않을까?"

그제야 생각난 듯 곱슬머리가 말했다.

"가 보자. 혹 납치범이면 우리가 해치우자."

모두들 의견을 모으려는데 수평선 쪽에서 검은 구름이 몰려왔다. 곧이어 빗방울이 떨어지기 시작했다. 점점 바람이 거세지면서 파도가 높아졌다.

"들어가자."

내가 외쳤지만 모두들 비를 맞으며 춤추듯 겅중겅중 뛰거나 풍덩풍덩 물속으로 자맥질을 했다. 그래, 어차피 갈아입을 옷도 없다. 물 밖으로 나가면 드러나는 몸매의 실루엣이 민망할 뿐. 우리는 원시적 유기체가 되어 이름도 없이 "야"로 서로를 불렀지만 어느새 서로를 의지하고 있었다.

빗줄기가 더 사납게 쏟아졌다. 파도가 거칠게 뛰놀았다. 모두들 물에 빠진 생쥐 꼴이 되어 바깥으로 나왔다. 배로 돌

아와 보니 선실에 비가 들이쳐서 물이 흥건했다. 문을 닫은
후 남자 셋이 티셔츠를 벗었다. 주머니에 접혀 있던 유서 쪼
가리가 물에 젖어 나달나달했다. 그래, 유서 따윈 이제 필요
없다. 내 이름 석 자, 그들의 양심에 새겨져 있든 말든 이젠
내 알 바 아니다. 공부도 못하고 노력도 안 하고, 엉망인 성
적으로 당신들을 부끄럽게 한, 아무 쓸모없는 애는 이제 잊
어도 좋다. 나는 쓴웃음을 머금고 형체를 알 수 없는 종잇조
각들을 문밖으로 털어 냈다. 내 손을 떠난 흰 종잇조각들이
거센 바람에 흔적 없이 날아갔다. 알 수 없는 후련함에 다시
한번 쓴웃음을 지었다.

남자애들이 티셔츠로 젖은 바닥을 닦고는 물을 짜냈다. 바
닥 물기가 잦아들자 문을 닫은 뒤 우리는 컴컴한 곳에 오도
카니 모여 앉았다. 날은 점점 어두워지는데 바람과 파도 소
리가 천둥같이 고막을 때렸다. 나무로 된 창문이 덜컹거려서
서로 돌아가며 문고리를 잡고 있어야 했다.

"얘, 열이 많이 나. 어떡해?"

짧은 머리가 훌쩍거렸다. 우리는 서로 돌아가며 티셔츠를
비에 적신 뒤 긴 머리의 몸을 닦아 주었다. 짧은 머리부터 시
작해 내 차례가 되어 문고리를 잡고 섰는데, 온몸이 사시나
무 떨리듯 덜덜 떨렸다. 춥다. 젖은 바닥에 젖은 옷이 온몸에

　　　　　　　　　　　　　　　　　　괴물이 된 아이들

한기를 불러온 것 같았다. 아이들도 떨고 있었다. 어디선가
이 부딪히는 소리가 딱딱 들려왔다. 나는 이를 악물었다. 긴
머리의 신음 소리가 더 애끓게 들려왔다. 앞쪽에서는 파도
가 으르렁댔고, 뒤쪽 산에서는 와지끈와지끈 나뭇가지 부러
지는 소리와 간간이 쿵쿵 나무둥치가 뽑히는 소리가 들렸다.
끝나지 않을 것 같은 공포의 시간이 밤새 이어졌다.

　아침이 어슴푸레 밝아 왔다. 바람도 숨을 고르는지 잦아들
었다. 밤을 지샌 아이들은 지쳐서 곯아떨어졌다. 얼마나 잤
을까? 나는 눈을 뜨자마자 창문을 열어 놓고는 밖으로 나갔
다. 태풍이 할퀴고 간 자리는 전쟁터를 방불케 했다. 모래밭
에는 산에서 날아온 나뭇가지들과 풀포기들이 어지럽게 널
려 있고 배 옆에는 뿌리째 뽑힌 나무가 가로놓여 있었다. 풀
한 포기도 제대로 서 있는 게 없이 꺾이고 쓸려서 이리저리
널브러져 있었다. 다시 안으로 들어왔을 때, 아이들이 근심
에 싸여 긴 머리를 부여잡고 있었다.

　"애, 어떻게 해. 애, 발이랑 다리 좀 봐. 어떡해!"

　"그래도 열은 좀 내린 것 같아."

　"아니야. 의식이 없는 것 같은데."

　공처럼 부어오른 긴 머리의 발등이 푸르뎅뎅했다. 짧은 머
리가 연신 눈물을 찍어 내며 남아 있던 마지막 물을 긴 머리

의 입에 흘려 넣었다. 곱슬머리는 어제 산에서 오디를 너무 많이 먹어서 그런지 배가 아프다고 연신 오리 궁둥이가 되어 바깥을 오갔다.

그때였다. 어디선가 헬리콥터 소리가 들렸다. 모두들 깜짝 놀라서 밖으로 뛰어나갔다. 주황색 헬리콥터에 119라고 적힌 하얀색 글씨가 선명하게 보였다. 구조 헬리콥터다. 한껏 고도를 낮춘 헬리콥터가 우리 머리 위를 지나 순식간에 산을 넘어갔다. 순간 가슴이 철렁 내려앉았다. 속에서 두 가지 생각이 빠르게 돌아갔다. 저 헬리콥터에 구조되느냐, 아님 도망가느냐. 그것이 문제였다. 어차피 우린 자살각들이다. 구조되든 안 되든 죽을 것들인데, 구조를 거론한다는 것 자체가 모순이었다. 그래도 구조를 받느냐, 구조를 거절하느냐는 스스로 결정해야 한다. 나는 재빨리 후자를 택하기로 마음먹었다. 헬리콥터가 우릴 지나친 것을 보니 여기가 목적지는 아닌 것 같기에 일단 피해야 할 것 같았다. 나는 아이들을 재촉해서 안으로 급히 들어간 후 문을 굳게 닫아 걸었다.

6

"새끼야, 쟤 죽는다고!"

"왜 죽으면 안 돼? 어차피 얘도 자살각이잖아."

"그래도 저렇게 아파서 죽으면 더 억울하잖아."

"흥, 미친 새끼. 이래 죽으나 저래 죽으나 살 것도 아니면서 무슨 오지랖이야."

"이 새끼 열라 비겁하네. 저렇게 아픈 애가 네 눈엔 안 보여, 응? 정말 미친 새끼네!"

뻗친 머리가 소리치며 내 머리통을 갈겼다. 나도 지지 않고 녀석에게 달려들었다. 난 싫다. 절대 반대다. 구조대가 온다면 긴 머리만 데리고 나가진 않을 것이다. 나는 저들의 손에 끌려 또다시 그 지긋지긋한 곳으로 돌아갈 생각이 없단 말이다. 그래, 때려. 때리라고. 차라리 맞아 죽는 게 낫겠다. 나는 뻗친 머리에게 달려들며 소리쳤다.

또다시 바깥에선 헬리콥터 소리가 요란하게 들렸다.

"누구든지, 나가면 죽을 줄 알아!"

나는 뻗친 머리에게 맞으면서도 눈을 희번덕거리며 악을 써 댔다. 녀석의 주먹에 내 얼굴은 처참하게 뭉개졌고 입안에서 찝찔한 피가 고였다. 헬리콥터 소리가 더 가까이 들렸다. 프로펠러 바람에 창문이 덜컹덜컹했다. 헬리콥터가 바로 앞 모래밭에 착륙하는 것 같았다. 지금이라도 도망가야 한다. 나는 거칠게 녀석을 밀친 후 문을 박차고 뛰어나갔다. 뒤

돌아볼 겨를도 없이 곧장 산으로 뛰었다. 구조요원들은 소수일 것이다. 산속에 숨으면 나를 찾을 수 없을 것이다. 나는 산 중턱쯤 올라가서 나무에 몸을 숨기고 아래를 내려다보았다. 내 생각대로 헬리콥터는 백사장에 착륙해 있었고, 주황색 옷을 입은 두어 사람들이 빠르게 움직이고 있었다. 한참 후에 헬리콥터는 다시 이륙했다. 한숨을 돌리고 일어서려는데 저 아래, 곱슬머리와 뻗친 머리가 헉헉대며 기어 올라오고 있었다.

"애들은?"

"아, 씨발, 몰라. 구조대가 들어오는 거 보고 바로 튀었어. 구조대니까 애들 데려갔겠지."

역시 구조되든 안 되든 그건 스스로의 선택에 달려 있었다. 나는 녀석들이 나와 같은 선택을 한 것에 약간의 안도감이 일었다. 혼자 남는 것은 싫으니까. 우리는 나무 밑에 앉아서 가쁜 숨을 가라앉혔다. 뻗친 머리가 내 옆으로 다가와 티셔츠를 벗더니 나에게 건넸다.

"야, 닦아."

"됐어."

형편없이 뭉개진 내 얼굴에서 피가 흐르는 걸 본 모양이었다. 나는 녀석에게 티셔츠를 도로 던져주고 손세수를 하며 일어섰다. 손바닥에 벌겋게 묻어난 피를 옆에 있던 나무 잎사귀에 닦았다. 자초한 일이었지만 오지게 맞은 모양이었다. 애써 내 눈길을 피하는 뻗친 머리에게 최대한 감정 없이 물었다.

"저기 가 볼래? 혹시 납치범이 있을지도 모르잖아."

뻗친 머리가 대답하기도 전에 곱슬머리가 절벽 있는 곳으로 앞장서서 걸었다. 이곳에서 죽는다 해도 납치범이 누군지, 왜, 무엇 때문에 우리를 데려왔는지 확인하고 싶었다. 이판사판, 납치범을 만난다고 해도 죽기밖에 더하랴. 객기 비슷한 배짱이 불뚝 치솟았다. 뻗친 머리도 같은 생각을 했는지 묵묵히 따라왔다. 태풍에 부러져 가로놓인 나뭇가지들 때문에 아래로 내려가기가 더 어려웠다. 우리는 서로를 도와주며 천천히 아래로 향했다.

그것은 컨테이너였다. 공사장 같은 곳에서 임시로 쓰는 것 같은. 그런데 컨테이너 옆으로 삽과 괭이 그물 같은 게 어지럽게 널려 있는 것을 보니 누군가가 살고 있는 게 분명했다. 일단 바위에 몸을 붙이고 살펴보기로 했다.

"저기, 자국."

곱슬머리가 소리를 낮추며 해변 쪽을 가리켰다. 헬리콥터가 내려앉았던 자국이 선명하게 나 있었다. 그렇다면 헬리콥터의 목적지는 이곳이다. 여기에 구조할 사람이 있었던 것이다. 저 컨테이너에 사람이 살고 있는 게 납치범일까? 그는 왜 구조를 요청했을까? 갑자기 아팠나? 지난밤 태풍에 위험한 일을 당했나? 우리는 소리 없이 눈짓으로만 의문을 주고받았다. 그럼 산 뒤편, 우리가 있던 곳에 구조 헬기가 착륙한 이유는? 그곳에 우리가 있다는 것을 알고 있다는 얘긴데……. 도대체 그들은 우리를 어떻게 알고 있었을까?

우리 셋은 긴장을 늦추지 않고 컨테이너를 지켜보았다. 꽤 오랫동안 있었지만 아무런 움직임이 없었다. 곱슬머리가 더 이상 참지 못하고 딱 셋이 들을 수 있는 목소리로 말했다.

"들어가 보자."

"넌, 여기서 망보고 우리 둘이 들어가자."

뻗친 머리의 지시에 곱슬머리는 망을 보고 나는 뻗친 머리를 따랐다. 한 발 한 발 신중하게 사방을 살피며 천천히 접근했다. 심장이 차갑게 굳는 것 같았다. 머리카락도 바짝 곤두섰다. 컨테이너 옆에 이르러 삽과 곡괭이를 두 손으로 단단히 움켜잡았다. 뻗친 머리의 눈짓에 따라 문 쪽으로 다가갔다. 흡, 숨을 멈추고 문에 귀를 가까이 댔다. 아무 소리도 들리지 않는다. 뻗친 머리가 눈빛 신호와 동시에 힘껏 문을 잡

괴물이 된 아이들

아당겼다.

방이었다. 이불과 약간의 세간살이와 옷가지가 몇 개가 걸려 있는 제법 아늑한 방. 벽 쪽으로는 나무로 만든 낮고 작은 책상이 있고, 그 위에 작은 액자 하나와 노트 한 권이 펼쳐져 있었다. 액자 속 사진에는 엄마와 아빠, 중고딩 정도 되는 아들이 환하게 웃고 있었다. 나는 재빨리 검은색 표지로 된 노트를 펼쳤다.

다섯 아이다.
지금부터 시작이다.

다섯 아이? 등골이 오싹했다. 심장이 거칠게 뛰었다. 뻗친 머리가 내 어깨를 툭 치며 나가자는 신호를 보냈다. 나는 노트를 티셔츠 안에 욱여넣고 뻗친 머리를 따라 나왔다. 망을 보던 곱슬머리가 빨리 오라고 손짓을 했다. 정신없이 달렸다. 한걸음에 절벽을 타고 올랐다. 어떻게 산을 넘었는지도 모른다. 다시 배에 도착했을 때, 온몸은 땀으로 흠뻑 젖어 있었고 상처투성이였다. 예상했던 대로 긴 머리와 짧은 머리는 없었다. 긴 머리는 살아 있을까? 짧은 머리는? 복잡한 생각에 머리가 어지러웠다.

"이게 뭐야?"

옆에서 숨을 고르던 곱슬머리가 내 배를 툭툭 쳤다.

"아, 참."

혼이 빠져서 노트를 갖고 온 것도 잊고 있었다. 우리는 호흡을 가다듬은 후 머리를 맞댄 채 노트의 첫 장을 펼쳤다.

언젠가 이 노트를 발견하는 사람이 있다면, 피를 토하는 심정으로 쓴 내 이야기를 세상에 알려 주시길 부탁드립니다.

난 선장이었다. 아내와 아들을 남겨 두고 무역선을 탔다. 혼자 남은 아내는 아들을 잘 키우겠다는 일념으로 온 힘을 다해 아들을 교육했다. 그런데 아들은 아내의 채근을 감당할 수 없었던 모양이다. 결국 죽음을 택했으니까. 아들이 죽고 아내도 떠났다. 나는 작은 배를 가지고 이 무인도로 들어왔다. 여기서 내 이야기는 시작된다. 죽을 수 없어서 살아왔던 내 이야기가.

．

．

．

이곳에 온 지 10년째인 오늘, 드디어 동생이 기쁜 소식을 전해 왔다. 그동안 연구해 왔던 프로젝트를 곧 실행한다는 것이다. IT 전문가인 동생이 몇몇의 전문가와 함께 개발한 이 비밀 프로젝트는, 아이들을 살려 내는 일이다. 처음 이 프로젝트에 대한 설명을 들었을 때, 나는 서슴지 않고 내 전 재산을 연구비로 내놓았다. 이제 그 오랜 기다림의 결실을 맺는다고 생각하니 마음이 설렌다. 하지만 처음이라서 시행착오도 겪을 것이다. 그러나 내 아들을 살린다는 생각으로 아이들을 살리고 싶다. 진심 살리고 싶다!

여기까지 읽다가 나는 슬그머니 밖으로 나왔다. 달빛이 빛나던 밤, 안간힘을 다해 긴 머리를 바다에서 안고 나와 모래밭에 눕혔던 생각이 났다. 그 하얗고 뽀얀 얼굴과 그 애에게 온기를 나눠 주려고 애쓰던 내 두 손. 정말 살리고 싶었다. 오로지 살려야 한다는 그 생각만 했다. 나를 버려서라도 살리고 싶다는 그 진심에 어떤 불순물도 끼어들 순 없었다.

아이들을 살리고 싶다. 진심 살리고 싶다!

조금 전 노트에서 읽었던 글자들이 선명하게 눈앞에 보였다. 살려야 한다, 살아야 한다? 이 예측하지 못했던 상황을 어떻게 선택하고 정리해야 할까? 감사해야 할지, 거부해야 할지, 살아야 할지, 죽어야 할지……. 그저 눈앞이 아득해지

자살각   **53**

고 암담할 뿐이다.

　나는 우두커니 서서 가없이 일렁이는 검푸른 물결과 밀려오는 흰 파도를 바라보았다. 그래, 바다의 호흡이 일렁거림이라면 지금은 저 물결과 파도처럼 일렁거려 보자. 어떤 형태로든 존재하는 것은 다 자기의 몫이 있을 것이다. 그 몫이 무엇이든, 지금은 내 몫을 오로지 내 것으로 거칠게 선택할 것이다. 이제 태풍은 물러갔다. 나는 천천히 바다를 향해 걸었다. 잔잔한 수면 위로 햇살 한 줄기가 반짝 빛났다.

……그럼에도 불구하고 죽지는 말자는 간절한 염원이 이 글을 쓰게 했다. 이 AI 시대, 인공지능 빅데이터의 힘을 빌려서라도 극단적 선택의 기로에 서 있는 친구들을 살리고 싶다!

어느 날, 서점에서 문제지를 사 들고 나오던 아이가, 초롱한 눈빛으로 강연장에서 웃어 주던 친구가 떠났다. 진심, 청소년들을 성적 하나로 등급을 매겨서 줄 세우는 이 나라가 싫다. 이 지구별에 행복하게 살려고 온, 내 귀한 친구들을 떠나게 만드는 것들을 증오한다. 아이들이 그 무서운 길을 가지 않도록 이마를 맞대고 피 터지도록 고민하면서 뜯어고치고 바꾸어야 하는데, 왜 그게 그렇게 어려울까? 나는 왜 그런 힘을 가지고 있지 못할까!

뻔한 말 같지만,

……그럼에도 불구하고 한번 살아 보자. 살다 보면 시간이 가고, 세월이 흐르고, 꽤 괜찮은 날도 오지 않을까? 내가 그렇게 믿고 살아왔듯이 친구야, 너도…….

강미

경상남도 진주에서 성장기를 보내고 울산에서 교사 생활을 했다. 산, 밥, 벗을 좋아하며 나날이 성장하는 삶을 꿈꾼다. 2005년 제3회 푸른문학상 '미래의 작가상'을 받으면서 작품 활동을 시작했다. 대표작으로는 《길 위의 책》,《겨울 블로그》,《밤바다 건너기》,《안녕, 바람》,《사막을 지나는 시간》 등과 공저 《조강의 노래─한강하구의 역사문화 이야기》,《문학 시간에 소설 읽기 1~4》 등이 있다.

언제부터 물을 부었는지 모르겠다. 한두 방울일 뿐이라 여겼는데 어느새 유리컵에 가득 찼다. 아슬아슬하게 수평을 유지하는가 싶던 물은 한순간에 밖으로 넘쳐흘렀다. 식탁 표면을 이리저리 기어가는 물을 바라보던 나는 손을 내밀었다. 제대로 잡지 못했는지 컵이 바닥으로 떨어졌다. 거실에 쪼그려 앉아 햇살 받은 유리 조각을 집었다. 아앗, 나도 모르게 외마디 소리가 튀어나왔다. 번져 가는 물 위로 핏방울이 떨어졌다.

11월 마지막 주 목요일, 다음 날 있을 축제 리허설 중이었다. 남녀 사회자의 멘트에 따라 스태프가 학급이나 개인 참여자를 무대에 올렸다가 위치를 조정한 다음 다시 내려 보냈다. 음향과 음악을 체크하는 방송반도 분주히 움직였다. 그들은 축제준비위원회 소속임을 알리는 넓적한 이름표를 목에 걸고 있었다. 학생회의 하위 조직인 축준위는 스태프 선발에서부터 축제 당일까지의 전 과정을 기획하고 실행하며 학교 전통을 이어 가고 있다.

축준위 무대 공연 분과인 나는 2학년 선배와 함께 체육관 중간쯤에 서 있었다. 우리가 할 일은 무대가 충분히 활용되고 있는지 살피고 무대 위 스태프에게 알리는 것이었다. 엄지와 검지로 동그라미를 만들어 보이거나 오른쪽과 왼쪽, 앞과 뒤를 가리켜 지시하기도 했다. 물론 이런 일은 주로 무전기를 든 2학년 선배가 맡아서 했고 나는 조수처럼 서 있었다. 나뿐 아니라 1학년 스태프는 대개 그랬다. 내년에 잘할 수 있도록 선배들의 활동을 지켜보는 게 임무였으니까.

나는 이름표를 만지작거리며 체육관 안을 둘러보았다. 크고 작은 무리가 여기저기에 흩어져 있었다. 바쁘게 돌아가는 무대 위와 달리 그들은 떠들거나 장난치다가 느릿느릿 일어나 이동했다. 369인지 마피아인지 하는 게임을 하느라 왁자한 팀이 있는가 하면 아예 드러누운 애들도 있었다. 스무 걸음쯤 앞쪽엔 여선생 둘이 서 있었다. 영어 선생은 알겠는데 한 명은 낯설었다. 조금 전 무대로 올라간 반에 이러니저러

괴물이 된 아이들

니 참견하는 걸로 봐서 2학년 담임 같았다. 뒷등과 허리 라인, 원피스 아래로 잘 뻗은 다리가 드러났다. 비율이 좋았다. 우리 반 수업에 들어왔다면 영어를 제치고 섹시 걸이 되었을 법했다.

지구의 시작은 먼짓덩어리라고 했던가. 나의 두근거림도 늘 그랬다. 눈에 보이지 않던 것들이 모이고 뭉쳐 가슴팍 어느 부위에 앉아 들썩였다. 수업 시간 발표를 앞두었을 때처럼 손에 땀이 배고 머릿속이 하얘졌다. 나는 호주머니에 손을 넣어 스마트폰을 쥐었다. 일과 중에는 제출하는 게 원칙이지만 축준위 활동 때문에 오늘은 예외였다. 조금 전엔 무대 사진을 찍었다. 무대 스태프의 부탁인 동시에 내년을 위한 준비이기도 했다. 하지만 지금은 달랐다. 발표를 마쳐야만 사라지는 증세처럼 이 두근거림 또한 명령을 수행해야만 해결될 문제였다. 나는 스마트폰을 꺼냈다. 우선 무대를 향해 셔터를 눌렀다. 찰칵, 찰칵, 찰칵…….

그다음엔 폰을 살짝 뉘었다. 나의 조준은 한 치의 어그러짐도 없었다. 화면을 보자 일순 심장이 멎고 짜릿했다. 발끝에서 머리끝까지 뜨거운 기운이 휘돌았다. 몽롱하면서도 차분해졌다. 숨이 턱까지 차오를 만큼 뛰다가 어느 순간 만나게 되는 기분 같았다. 나는 다시 셔터를 눌렀다. 단독 조명을

잘못

쏘는 것 같았다. 찰칵, 찰칵, 찰칵, 찰칵……

"야, 야!"

나는 화들짝 놀라며 스마트폰을 내렸다. 선생 두 명이 다가왔다. 내 뒤쪽에 서 있었던 모양이었다. 단발머리를 한 선생이 손을 내밀었다.

"너, 지금 뭐 했어? 그거 내놔."

"리허설 무대 찍었는데요."

나는 목에 걸린 이름표를 들어 보이는 한편 앞을 가리켰다. 그때 몇 걸음 늦게 도착한 축제를 총괄하는 국어 선생이 끼어들었다.

"난 또 뭐라고. 하 선생, 축준위는 오늘 스마트폰 내줬어. 서로 연락하고 기록도 남겨야 해서."

옆에 서 있던 2학년 선배도 같은 말을 했지만 단발머리는 내 팔을 잡았다. 거칠고 억센 힘이 느껴졌다. 여차하면 강제로라도 빼앗으려는 태세였다.

"무대 촬영이 제 일이에요."

"어쨌든 네가 방금 찍은 걸 봐야겠어. ……방향이 아니었잖아."

단발머리는 내 얼굴을 향해 한 마디씩 끊어 말했다. 나도 모르게 뒷걸음질 칠 만큼 싸늘하고 단호했다. 나는 손으로

폰을 꼭 쥐고 호주머니에서 빼지 않았다. 같은 말을 반복하며 실랑이가 이어지자 앞쪽 섹시 걸들도 가까이 왔다. 손이 축축해지고 피돌기가 빨라졌다. 단발머리의 집요한 요구에 국어 선생도 당황하는 것 같았다. 학생들의 이목이 집중되자 국어 선생이 서둘러 말했다.

"하 선생, 일단 여기서 나갑시다. 애들이 말이라도 만들어 내면 큰일이야. 이진목, 너도 따라와. 오해가 있으면 풀어야지."

국어 선생이 앞장서고 단발머리가 내 옆에 붙었다. 섹시 걸들도 뒤를 따랐다. 빼도 박도 못하는 상황, 나는 주위를 둘러보았다. 축준위 선배와 동기들이 몸짓과 표정으로 무슨 일이냐고 묻고 있었지만 도움을 요청할 수는 없었다. 기계적으로 걸음을 옮기며 체육관을 나와 중정을 지났다. 나는 스마트폰을 꽉 쥐었다. 차라리 깨 버리면 좋겠는데 방법이 떠오르지 않았다. 주머니 안에서 손만 옴짝거리다 보니 어느새 본관이었다.

학생부 교무실엔 부장 선생만 앉아 있었다.

"진목이가 웬일이야? 전교생이 온다 해도 너는 빠질 녀석인데…… 무슨 일입니까?"

학생부장 선생이 나와 다른 선생들을 번갈아 보며 말했

다. 나는 학생부장뿐 아니라 여러 선생과 사이가 좋았다. 강의식 진행이든 참여 수업이든 열심히 듣고 발표했다. 조리 있게 말하고 글을 잘 쓴다는 칭찬도 받았다. 청소 시간엔 다른 애들보다 먼저 밀대를 잡았고 분리수거 도우미 활동도 빠뜨리지 않았다. 그 결과 학급 애들 추천으로 모범상까지 받았다.

과학실이나 도서관의 준비실 같은 공간이 학생부에도 있었다. 학교 폭력 사건, 일명 학폭이나 흡연을 하다 걸린 애들이 경위서나 반성문을 쓴다는 얘기는 들었지만 이곳에 온 건 처음이었다. 상담실처럼 소파가 놓여 있고 둥근 탁자엔 연두색 테이블보가 덮여 있었다. 예쁘게 꾸며져 있었으나 혼자 있으려니 무언가에 짓눌리는 기분이 들었다. 앉아야 할지 서야 할지도 모를 만큼 숨이 가빴다. 이래서 취조실이라 소문 났나 싶기도 했다.

10시간 같은 10분이 흐른 뒤 학생부장 선생이 들어왔다. 긴말 안 하겠다며 스마트폰을 내놓으라고 했다. 내가 가만히 있자 그는 톡, 톡, 톡, 유리를 치며 손을 앞으로 내밀었다. 나는 더 버티지 못하고 탁자 위에 폰을 올렸다.

"폰 열어 봐. 널 믿지만 저리 의심을 하니까 일단 볼게. 넌 여기 있어."

잠금 패턴을 풀고 폰을 건네자 학생부장 선생이 밖으로 나갔다. 이제 곧 선생들은 내 파일을 모두 뒤지겠지. 늘씬하거나 뚱뚱하거나, 길거나 짧거나, 투명 스타킹이거나 덧신이거나 모두 아름다운 다리! 스커트에 반쯤 덮인 허벅지, 옴짝거림이 느껴지는 듯한 무릎과 오금, 상앗빛 종아리에 드러나는 핏줄, 근육 뒤로 숨은 채 정교하게 이어지는 넓적다리뼈에서 복사뼈까지 모두 사랑스러운 다리! 연속이든 단컷이든 모두 공들인 촬영! 울생, 울샘, 버정, 체공…… 아, 너무 정직했다. 파일명이라도 바꿔둘걸.

또다시 100시간 같은 몇십 분이 지난 뒤 나는 교무실을 나왔다. 체육관 쪽은 조용했다. 아직 리허설 중이라 해도 갈 수 없을 것 같았다. 한 시간 전과 다를 게 하나도 없는데, 나는 갑자기 괴물이 되어 있었다. 내게 다정했던 선생은 경악했고 내 편이라던 학생부장 선생은 느물거렸다. 나는 주머니에 든 스마트폰을 손으로 꽉 쥐었다. 취조실 같은 공간을 나오자 학생부 교무실에는 학생부장 선생만 남아 있었다. 그는 진술서를 받아 들며 턱으로 내 스마트폰을 가리켰다. 압수를 각오하고 있던 나는 잽싸게 스마트폰을 주머니에 넣고 허리 굽혀 인사했다.

교실 문을 열자 모든 시선이 내게 쏠리는 것 같았다. 허방이 있는 것도 아닌데 발걸음이 부자연스러워졌다. 자리에 앉기도 전에 민재가 쪼르르 다가왔다.

"야, 사진 대박!"

놀라 자빠질 뻔했지만 나는 못 들은 척 자리에 앉았다.

"얘가 감동이 없네, 없어. 국어 보고서, 우리 모둠이 1등. 네가 현장 사진 찍어 온 덕분이야. 굿굿! 인터넷 내려받기는 다 감점이었대."

민재가 엄지손가락을 거듭해서 치켜들었다. 나는 가슴을 쓸어내렸다. 아직 말이 퍼지지는 않은 모양이었다. 학생부장 말처럼 정신을 바짝 차려야 했다. 나는 씩 웃어 보인 뒤 책상에 엎드렸다. 평소에 좋아하지 않았건만 어느새 학생부장 선생의 지시에 따르고 있었다. 아무 소리 말고 잠자는 척이라도 해.

눈까지 감았으나 정신은 말똥했다. 엄마의 반응이 걱정되었고 아빠가 알게 될까 봐 신경 쓰였다. 교실은 여전히 시끄러웠고 교과 선생이나 담임은 나타나지 않았다.

"나도 들을래. 방금 무슨 얘기야?"

민재의 목소리가 들렸다.

"이 새끼, 꼭 뒷북을 쳐. 준기 모친께서 말이야, 야, 준기

괴물이 된 아이들

야, 네가 얘기해."

"뭐? 우리 엄마가 어제 국어 개발랐다는 거?"

국어라면 축제 총괄 선생이다. 저절로 귀가 기울여졌다. 준기의 말에 정환의 웃음소리가 연달았다. 학폭에 걸리고도 여전히 기세등등하다. 중딩 때부터 찔찔이를 때리고 부려 먹고도 '처분 없음'을 받은 쓰레기들이다. 피해자가 넘어가기로 했다, 학교 밖 징계위원들의 결정이다, 학교를 빛낼 학생 앞길을 막을 수 없다는 등 소문만 무성하더니 끝내 징계를 받지 않았다.

"그러니까 왜 끼어드냐고. 어쩌다가 휴지 하나 버린 걸로 쪽팔리게 해야 해? 학폭 결정이 맘에 안 든다고 쫑알쫑알, 우릴 왜 건드리냐고. 그 시간에 애제자 찔찔이 놈이나 챙기지."

"그래서? 그래서 어떻게 했는데?"

정환과 민재에 이어 준기의 말이 다시 들렸다.

"다 끝난 일 가지고 애들 힘들게 하지 말라고 전화로 조져 버렸지. 걱정 말고 공부만 하래. 정환이처럼 공부 잘하면 모든 게 오케이."

"우와, 말발 센 국어 샘을 이겼구나. 운영위원 힘이 세네."

"짜샤, 너도 힘든 일 있으면 말해. 이 형님이 다 해결……."

그때 교내 방송이 나오며 준기의 말이 끊겼다.

"1학년 교실에 알립니다. 각 반 반장은 지금 즉시 교무실 앞으로 모여 주기 바랍니다. 다시 한번 알립니다. 각 반 반장은 지금 즉시 와 주세요."

"아이, 짜증 나. 걸핏하면 부르고 난리야. 야, 민재. 네가 가라, 교무실."

준기가 영화 대사를 흉내 내며 말했다.

"반장 오라고 하잖아."

"야야, 한두 번 해 봤냐. 부반장이니까 대신 왔다 그래."

눈을 감고 있어도 훤히 보였다. 민재가 나가고 준기 일당은 계속 떠들었다. 찔찔이 목소리도 섞였다. 내내 당하면서도 어울리다니, 희한한 놈이다. 저러니까 이름은 온데간데없이 찔찔이로 불리는 거다.

***

카페에 들어선 김은희는 실내를 두리번거렸다. 가장 후미진 곳, 사람 키만 한 몬스테라 화분 뒤쪽에서 하민철 선생이 손을 들어 보였다. 김은희는 머뭇거리다가 그쪽으로 다가갔다. 전화를 받을 때부터 느낌이 좋지 않았다. 한때 가족끼리 친하게 지냈다고는 하지만 이혼과 동시에 남편과 얽힌 사람은 교류가 끊겼다. 아들의 입학식 때 하민철 선생이 그 학교 학생부장이란 걸 들었으나 그뿐이었다.

"하, 이거, 얼마 만인가요? 중학교로 가셨다면서요? 갑자기 만나자고 해서 놀랐지요?"

김은희가 다가가자 하민철 선생이 일어서면서 말을 쏟았다. 성질 급한 건 10년이 지나도 변하지 않은 것 같았다.

커피를 앞에 두고도 하민철은 예전에 함께 어울렸던 에피소드를 시작으로 부인과 딸 안부를 전하고, 중학생들 다루기가 힘들지 않냐, 미모는 여전하다는 등의 말을 했다. 김은희는 고개를 끄덕이고 대꾸도 했지만 이 자리가 점점 불편해졌다. 휘뚜루마뚜루 내뱉는 게 뭔가 심상치 않았다.

"이 교수도 잘 있죠? 아, 아니다. 내가 지금 무슨 말을……."

공백이 잠시 흐른 뒤 하민철 선생이 말꼬리를 흐렸다. 더 듣고 있을 수 없었던 김은희가 자세를 고치며 말했다. 스마트폰에 진목이 학교 번호가 떴을 때 스쳤던 불안감이 떠올랐다. 혹시나, 행여나 했던 마음이 말이 되어 흘렀다.

"……우리 진목이 문제인가요?"

하민철 선생은 들은 척도 하지 않고 커피 잔을 들었다. 그가 커피를 여러 모금 마시는 동안 김은희의 머릿속은 분주히 움직였다. 진목은 어제도 평소와 다름없이 각자 학교에서 있었던 이야기를 두런두런 나누고 설거지까지 함께했다. 지인의 말처럼 다른 집 딸을 부러워하지 않아도 좋을 만큼 따뜻하고 다정한 아들이었다. 초등학교 때부터 공부는 물론 인성이 반듯하다는 평가를 받아 왔기에 김은희는 흔히들 말하는 싱글맘 고충도 없었다. 김은희는 자신이 근무하는 학교에서 벌어지는 사건들을 생각해 보았다. 싸움, 기물 파손, 왕따, 절도, 커닝…… 그 어느 것도 아들과 연결할 수 없었다.

"진목이 만났습니까? 애들 다 귀가했는데."

하민철 선생이 의자를 앞으로 당겨 앉으며 말했다. 김은희는 고개를 가로저었다. 느낌이 좋지 않았다.

"갑자기 연락해서 놀라셨겠습니다. 음, 이 교수 아들이면 제 아들과 마찬가지라 저도 고민을 많이 했어요. 진목이를 아기 때부터 봐 왔으니 누구보다 잘 알고……."

"무슨 사고라도 쳤나요? 빨리 말씀해 주세요."

김은희가 기다리지 못하고 말을 가로챘다.

"아, 예. 그냥 넘어가도 될 법한데, 이게 요즘 시대엔 또 문제이기도 해서. 김 선생님, 진목이가 말이죠. 오늘 축제 리허설 때 여선생 사진을 찍다가 들켰어요. 왜, 사내 녀석들이란 게 그렇잖아요. 그런 쪽에 호기심이 많아서…… 이해 안 되는 건 아닌데, 진목이 스마트폰을 봤더니 사진이 수백 장이에요. 여자 다리만 찍었더군요. 여학생도 있고 여선생도 있고…… 진목을 아는 선생들이 엄청나게 충격받았어요."

지금 무슨 이야기인 거지? 김은희는 정신이 아뜩했다.

"김 선생님, 아니 진목이 어머님. 저야 성장기 호기심 정도로 넘어가고 싶은데, 아시다시피 요즘 워낙 이쪽 사안이 민감해서요. 이게 알려지면 일단은 학교 폭력이에요. 괴롭히고 때리는 것만 학폭은 아니니까요. 교권 침해 사안도 됩니다. 일단 입단속을 했지만 내일 어떻게 나올지 몰라요."

"어떻게 그런 일이…… 죄, 죄송합니다."

"어머님이 죄송할 게 뭐 있습니까. 진목인들 이럴 줄 알았겠어요? 어쨌든 수습부터 해야 해서 학교 밖에서 뵙자고 했습니다. 학교 윗선은 제가 책임질 테니 진목이 전학시킵시다. 내일이라도 당장이요."

"예? 전학이요?"

반문하는 김은희의 목소리가 떨렸다.

"예. 아무리 생각해도 그 방법밖에 없어요. 아마 여선생들은 교권 침해로 신고할 거예요. 진행되더라도 시간이 걸리니까 그동안 전학 보내자고요. 진목이, 내일은 병결시키고요. 어디든 주민등록만 옮기면 됩니다. 요즘은 전학 사유도 묻지 않고 학교끼리 말하지도 않아요. 다 개인 정보라서요. 그러니 진목이 전학 보내세요. 당분간 친가에서 다니게 하든지, 멀긴 하지만 직접 태워 주셔도 되고요."

김은희가 가만히 있자 하민철 선생이 다시 말했다. 처음에 머뭇거리던 태도와 달리 연습이라도 하고 왔는지 말이 일사천리였다.

"제가 학생부장이라 다행이지 뭡니까. 진목이를 아끼니까 드리는 말이에요. 물론 전학은 저와 아무 상관 없이 어머님이 결정하신 일로 하시면 됩니다. 우리도 그랬지만, 다 실수하면서 크잖아요. 사안이 민감한지라 여선생들도 이렇게 마무리되는 거 나중에는 다행이다 싶을 거예요."

"……."

"이 교수에겐 아직 연락하지 않았어요. 사안이 워낙 다급하고 어머니가 진목이를 키우고 계시니 번지수가 먼저다 싶어서……."

"네, 감사합니다. 진목이 말도 듣고 저도 생각할……."

"듣고 말고도 없어요. 무조건 빠르게, 빠르게 처리해야 합니다. 사내애들 크는 과정이니까 너무 예민하게 반응하지 마시고 아들 앞날 지켜 내세요. 저도 진목이니까 리스크 감수하며 나온 거예요. ……누가 볼 수도 있으니 제가 먼저 나갈게요. 무슨 일 있으면 제 폰으로 연락하세요. 학교 전화는 위험해요."

하민철 선생이 나가고 난 뒤 김은희는 한동안 그 자리에
앉아 있었다. 다급한 일이라는데 마치 굵다란 끈에 묶인 듯
일어설 수가 없었다. 팔꿈치를 테이블에 괴고 두 손으로 얼
굴을 감쌌다. 눈을 감자 희끄무레한 공간이 보였다. 젊은 남
편과 어린 진목, 노여워하는 시부모와 만류하는 친정어머니
가 나타났다가 사라졌다. 어떤 말에도 흔들리지 않았던 결정
이었건만, 괴로울 때마다 이혼 즈음이 떠올랐다. 그때의 불
안과 회한이 스멀스멀 기어올랐다.

김은희는 눈두덩이를 손가락으로 누르며 고개를 가로저었
다. 자책하지 말자, 쓰러지지 말자…… 힘들 때마다 내면에
서 올라왔던 말들. 하지만 이번엔 우물이 마르고 도르래도
망가졌다. 한 방울의 물도 길어 올릴 수 없을 것 같았다. 판
단이 빠르고 행동은 정확한 평소의 김은희가 아니었다.

"뭐 해요? 들어가지 않고."

안에 있을 줄 알았던 진목이 등 뒤에서 나타났다. 김은희
는 진목이 잡아 주는 현관문 안으로 들어섰다. 레이디 퍼스
트니 고마워 같은 말들은 하지 않았다. 대화와 웃음으로 넘
쳤던 거실과 부엌도 이제 따뜻하거나 향기롭지 않았다. 하루

만에 모든 게 바뀌어 버렸다. 알지 못할 그 누구 혹은 그 무언가가 느닷없이 뒤통수를 때리는 것 같았다. 열심히 일구고 다졌던 삶이 모래성이었다니, 도무지 믿을 수 없었다.

옷을 갈아입고 커피를 내리는 동안 김은희는 심호흡을 거듭했다. 마음을 뭉치고 뭉쳐 단전 아래로 끌어내렸다. 투명한 커피가 서버를 채웠다. 김은희는 드리퍼를 옮기며 망설임을 끝내고 진목을 불렀다.

하민철 선생만큼이나 진목의 말도 간단했다. 찍었고 들켰다! 김은희는 아들을 바라보았다. 딱딱하게 굳은 얼굴, 눈길을 피하며 귀찮듯 내뱉는 말, 간신히 엉덩이만 소파에 걸친 채 일어설 틈만 살피는 모습……. 상담센터에서 만나는 남자애와 다를 바 없었다. 느낌이 좋지 않았지만 아들을 믿고 싶었다. 김은희는 지푸라기라도 잡는 심정으로 스마트폰을 보자고 했다. 진목이 미간을 찡그렸다. 반달눈썹이 도드라지고 콧등이 겹겹이 주름졌다. 전남편의 표정을 본 듯 김은희는 오소소 소름이 돋는 걸 느꼈다. 함께 살지 않아도 빼쏘는 게 신기하고 무서운 김은희는 손을 내밀어 탁자를 쳤다. 무거운 침묵이 한참 흐른 뒤에야 진목이가 스마트폰을 내놓았다.

진목이 열어 보인 파일 하나만 봐도 행여나 하고 잡았던 지푸라기가 사라진 느낌이었다. 김은희는 간신히 이성을 붙

괴물이 된 아이들

들고 말했다.

"언제부터였니?"

"엄마, 놀라게 해 드린 건 죄송한데요. 아무 일 아니에요. 개취……."

"개인 취향이라니, 너 지금 무슨 말이야? 이건 범…… 그냥 넘어갈 수 없는 문제야."

"잘못이 아니라는 게 아니라……."

"새 폰 사서 비번 걸 때부터였어? 설마 초등학교 때? 그래서 디카도 사 달라고 했던 거야? 도대체 어쩌다가……."

자기도 모르게 목소리가 올라갔다. 상담교사로 지내는 동안 잘못을 저지르고도 무엇을 잘못했는지, 왜 벌을 받는지 모르는 아이들을 많이 봤다. 우리 아이가 심성은 착한데, 친구를 잘못 만나서, 어쩌다 욱해서…… 난감하고 당혹스러워 제대로 문장을 엮어 내지 못하는 부모도 많이 봤다. 그게 남의 일인 줄로만 알았는데 이제 자기 일이 되어 있었다. 김은희는 말을 끊었다. 의식적으로라도 톤을 낮추어야 했다. 다리에 힘을 주고 천천히 심호흡을 했다. 그런데 그사이 진목의 말이 치고 들어왔다.

"전학 가면 될 거 아니에요? 갈게요. 간다고요."

"그, 그러면 끝나는 일이야?"

"엄마가 너무 정색하니 당황스러워요. 누가 알면 하늘이라
도 무너진 줄 알겠어요. 예, 잘못했어요. 그러니까 책임지고
전학 간다고요. 학생부장의 말 따위 듣고 싶지 않았지만 어
쩌겠어요. ……할아버지 집에서 다니진 않을래요. 일찍 일어
나 버스 타고 다닐……."

"잠깐, 진목아, ……전학은 안 돼. 보낼 수 없어."

김은희는 진목의 말을 자르며 끼어들었다. 살이 떨리고 말
이 흔들렸다.

"전학은…… 책임지는 게 아니라…… 도망가는 거야."

"그래서 까발리자고요? 학교에 소문 다 나고, 징계라도 받
아야 해요? 상담교사로 인정받고 강연까지 다니는 엄마는
괜찮겠어요? 엄마를 위해서라도 나는 전학 갈래요. 보내 주
세요."

목소리를 높이지도 않았다. 진목은 낮고 차분하게 말한 다
음 자리에서 일어났다. 방문이 열리고 닫히더니 곧 현관문
이 열리고 닫혔다. 김은희는 그 모든 소리를 고스란히 들으
며 식탁에 앉아 있었다. 대화가 이렇게 풀릴 줄 몰랐다. 부모
인데도 아들의 내면이 어떤지, 어떻게 지내는지 하나도 몰랐
다. 그 와중에 저녁밥이라도 먹인 뒤에 말할걸, 하는 생각이
들자 김은희는 헛웃음을 짓고 말았다.

괴물이 된 아이들

김은희가 근무하는 학교엔 유독 학폭이 많았다. 중2가 무서워 북한이 쳐들어오지 못한다는 우스갯소리가 괜히 있는 게 아니라는 듯 하루가 멀다 하고 사건이 터졌다. 그 바람에 학폭 담당 교사와 더불어 상담교사인 김은희의 일도 만만치 않았다. 상담하다 보면 학폭의 뿌리는 늘 가정이었다. 관심을 받지 못하고 방치된 아이는 왕따가 되고, 맞으면서 자란 아이가 남을 때리고, 사랑이라고 믿는 과보호로 자란 아이는 독불장군이 되었다. 그래서 김은희는 늘 부모 교육을 강조했다.

밤은 깊어 가고 진목은 아무 연락도 없었다. 김은희는 스마트폰 통화 버튼을 눌렀다 말았다, 메시지를 적었다 말았다 반복하며 부엌과 거실을 서성거렸다.

너무도 익숙한 구도다. 위원장인 교감 양측에 변호사, 교사, 학부모 위원이 앉아 있다. 늘 자신이 앉던 자리엔 연구소에서 함께 활동하는 조 선생이 있었다. 김은희를 두고 열심히, 진정으로 일하는 상담교사라고 추켜세웠던 그가 노여운 얼굴로 김은희를 내려다보았다. 당신 때문에 상담교사 전체가 매도당할 판이라고 말하는 것 같아 김은희는 한없이 초라해진 몸을 간신히 지탱했다. 여태껏 상담했던 학생과 부모가 알게 되는 것도 두려웠다.

학교는 그동안 사안 조사를 바탕으로 적합한 조치를 심의했을 테고 이제 가해자와 그 부모의 진술만 남았다. 그러면 처분 수위가 결정될 것이다. 위원장의 말이 고개 숙인 김은희에게 쏟아졌다.

"이진목 학생 어머니, 맞으십니까?"

"예."

"우리는 지금 교원의 지위 향상 및 교육활동 보호를 위한 특별법 제5조에 의거 교권보호위원회를 진행 중입니다. 이진목 학생은 성폭력 범죄의 처벌 등에 관한 특례법 제2조 제1항에 따른 성범죄 행위, 자신의 욕구를 충족하기 위한 영상을 불법 촬영했습니다. 이는 음화 제조 등에 관한 범죄로 형사상 책임을 물을 수도 있습니다. 인정하십니까?"

"⋯⋯예."

"교단의 씁쓸한 농담 중에 남의 자식 키운다고 내 자식 어떻게 되는지 몰랐다는 말이 있습니다. 그런 의미에서 어머니가 받으셨을 충격에 공감합니다. 사실 이 사건은 학업뿐 아니라 인성 면에서도 타의 모범이었던 학생이 대상이다 보니 학교로서도 안타깝고 당혹스럽습니다. 그 어떤 명목으로도 정당화될 수 없는 일임을 인지해야 할 것이며 학교로서도 일벌백계의 사례로 남기려고 합니다. 이번 기회에 잘잘못의 경계를 인식하고 자신도 모르게 가해자가 될 수 있다는 교훈을 새기기 바랍니다. ……알고 짓는 죄가 백 가지라면 모르고 짓는 죄는 천 가지, 만 가지라는 옛말이 학생과 어머니께 위로가 되었으면 합니다. 그 외 학생에 관한 말씀이 더 있을까요?"

위원들의 수군거리는 소리가 들렸다. 위원장이 너무 온정적으로 말한다면서, 자식을 그따위로 키워 놓고 할 말이 있겠냐며 비아냥거렸다. 쏟아져 내리는 말이 칼이 되어 김은희를 찔렀다.

"없습니다. 죄송합……."

김은희는 말을 마치지 못하고 왈칵 눈물을 쏟았다. 그때 회의장에 동료, 학생, 학부모가 떼거리로 들어왔다. 전남편과 시어른 목소리도 들렸다. 그들은 하나같이 김은희에게 손가락질을 했다. 무슨 낯짝으로 우느냐고 했다. 김은희는 비틀거리며 걸어가 문고리를 잡았다. 그런데 문이 꼼짝하지 않았다. 아무리 애써도 열리지 않았다.

있는 대로 힘을 주다가 김은희는 눈을 떴다. 훤한 거실이 눈에 들어왔다. 자신은 소파 구석에 잔뜩 웅그리고 있었고 눈가는 젖어 있었다.

잘못

꿈, 꿈이었구나. 김은희는 한숨을 쉬었다. 롤러코스터를 탄 듯 아찔했다. 축축한 손으로 이마를 짚었다. 앞으로 벌어질 일이라 생각하니 가슴이 두근거리고 숨이 가빴다. 고개를 흔들며 일어나던 김은희의 입에서 짧은 비명이 터졌다. 다리에 쥐가 나 꼼짝할 수가 없었다. 습관적으로 아들의 이름을 불렀으나 답은 돌아오지 않았다.

다음 날 저녁, 김은희는 상담소 안을 서성거렸다. 평생 공부하고 상담도 많이 했지만, 막상 자신에게 일이 닥치니 그 모든 게 무용지물이었다.

문이 열리더니 조 선생과 함께 젊은 여선생이 들어왔다. 진목의 스마트폰에 찍혔던 박수정 선생은 이목구비가 뚜렷하고 키가 컸다. 김은희는 자리에서 일어나 고개를 깊숙이 숙였다. 얼굴이 화끈거리고 다리가 떨렸다. 미리 준비해 두었던 커피를 조 선생이 한 모금 마신 뒤 말했다.

"아, 맛있다. 흐, 이런 순간에도 김 선생님이 내리는 커피는 여전히 좋네요."

예가체프니 온두라스니 하는 커피 얘기가 분위기를 누그러뜨렸는지 박수정 선생도 커피를 마셨다. 김은희는 반쯤 고개를 숙인 채 검지로 커피 잔 테두리만 만졌다. 잠시 뒤 두 사람의 표정을 살피던 조 선생이 말했다.

"에고, 두 분 다 마음이 무겁지요? 우리가 다른 일로 만났으면 금방 의기투합했을 텐데, 저도 속상하네요. 빨리 얘기할게요. 우선 이 자리는 떳떳하지 않아요. 맞죠?"

김은희는 연신 고개를 끄덕였고 박수정 선생은 표정 없이 가만히 앉아 있었다.

"그런데도 제가 이 자리에 응한 이유는 진목 어머니가 하민철 부장의 꼼수를 알려 주셨기 때문이에요. 지난번 학폭 사건 때 알긴 했지만, 학생부장이 그따위로 일을 처리하려 들다니요. 진짜 안 될 말이잖아요. 그리고 저 역시 아들 키우는 입장에서 김은희 선생님의 뜻을 외면할 수 없더라고요. 여태 키워 온 샘 커리어가 있는데 이 일로 기운 꺾여서도 안 되고요. ……박수정 샘, 징계가 능사가 아니라 성장이 중요하다고 말씀해 주셔서 고마워요. 맞습니다. 이번 일로 진목이도 충분히 반성할 거고 앞으로는 그런 일 없을 거예요. 김은희 선생님도 더 신경 쓰실 거고요."

김은희는 물론 박수정 선생도 말이 없었다. 잠시 뒤 조 선생의 눈짓을 받은 김은희가 진목의 스마트폰을 테이블 위에 올렸다. 박수정 선생이 그것을 집어 들며 김은희를 쳐다보았다.

"비번 없어요. 보십시오. 모두 지웠습니다."

진목의 스마트폰을 한참 동안 들여다보던 박수정 선생이 말했다.

"클라우드나 USB는요? 구글 포토도 있을 텐데요."

"제가 다 확인했습니다."

"그래, 샘, 믿어 줘. 진목이 영리한 아이야. 어리석은 짓, 다시는 안 할 거야."

박수정 선생이 한참 만에 입을 열었다.

"제 친구 중에 검사가 있는데요, 가장 평등한 죄가 성범죄래요. 그건 학력이나 인격, 재산과 상관없이 누구나 저지를 수 있다고요. 듣고 보니 맞는 말이더라고요. 우리나라 멀쩡한 인사들이 하루아침에 고꾸라지는 이유도 다 그거잖아요."

"그렇죠. 김은희 선생님께는 섭섭하게 들리겠지만, 우리가 걱정하는 부분도 바로 그 점이었잖아요."

김은희는 섭섭하지 않다는 뜻으로 손사래를 쳤다.

"어쨌든 진목이 제대로 크면 되는 일 아니겠습니까. 자, 정리할게요. 이 만남은 오프더레코드입니다. 선생님 부탁처럼 전학은 모르는 걸로 하겠습니다. 교원보호위원회는 자연적으로 무산되겠지요."

"······예. 죄송하고 감사합니다."

"자식 키우는 부모라면 다 겪을 수 있는 일. 이제 그런 말
씀도 그만하세요. 대신 우리가 의논한 제안이 있습니다."

"제안이 아니라 조건입니다."

박수정 선생이 정정했고 조 선생이 다시 말했다.

"그렇습니다, 조건. 교육청에서 진행하는 ……555프로젝트
어떤가요? 선생님도 참여하셨고 멘토로도 활동하셨잖아요."

5인 50주 500시간, 멘티 1명이 4명의 어른 멘토를 만나며
삶의 목표와 활동을 고민하고, 500시간 노동을 통해 건전한
몸과 마음을 만드는 프로그램! 사안별 1인 상담의 한계를 절
감하며 국내외 문헌과 사례를 참고해 야심차게 준비했던 만
큼 수료자 반응이 좋았다. 하지만 기간이 길고 과제가 많아
서 중도 포기자도 많았다. 김은희의 머릿속에서 인문계 고등
학생으로서 포기해야 할 것과 기대 효과가 대차대조표로 그
려졌다.

"진목이……."

"그건 제가 알아듣게 설명하겠습니다. 알려지든 말든 전학
이야 불가피한 사항일 테지만, 형사상 책임과 징계를 대신하
는 일이라고 말이에요. 프로그램 설명도 덧붙일게요."

"……예. 알겠습니다."

"부디 좋은 기회가 되길 바랍니다. 비공식적인 일이지만

진목에게는 절차를 밟는 듯이 하겠습니다. 이는 박수정 샘의 바람이기도 합니다. 그럼 두 분 다 인정하시는 걸로 하고 555프로젝트 세팅은 추후 다시 의논할게요."

***

축제 내내 나는 온종일 집에만 있었다. 축준위 선배와 민재가 여러 번 전화했으나 받지 않았다. 엄마의 엄명이었다. 반응이 과민하고 훈계가 반복되었지만, 학교에 까발려지는 것보다는 낫다 싶었다. 며칠 뒤 나는 새 교복을 입고 바다가 보이는 학교로 전학 갔다. 남녀 합반이었는데 반장을 비롯한 여학생들이 학급 일을 주도했다. 그에 비해 남학생들은 말 잘 듣는 애 같았다. 여학생들이 뿌리는 향수 때문인지 이전 학교보다는 분위기가 한 옥타브쯤 높아 보였다. 나는 학급 단톡방에 초대되었고 이전 학교 단톡방을 탈퇴했다. 한 바가지씩 욕을 퍼붓던 민재의 개인 톡도 서서히 줄어들자 비로소 갈아타기를 했다는 기분이 들었다.

여기도 기말고사 준비가 한창이었다. 다행히 같은 교과서를 쓰는 게 많았고 그렇지 못한 과목은 짝의 책과 노트를 빌렸다. 학교는 달라도 선생들의 멘트는 비슷했다. 바뀐 교육

과정에 의하면 3학년 때는 9등급 산출 과목이 거의 없다고 했다. 바꾸어 말하면 내신성적을 받을 기회가 없으니 1, 2학년 시험이 아주 중요하다는 것이다. '시내에서 전학 온 학생'인 나는 열심히 공부했다. 학교 수준 차이가 있는지 등수가 꽤 높았다. 시험을 치면 답안지를 맞춰 보려고 내 자리로 오는 여학생들도 생겼다. 그렇게 나는 공부를 통해 평정심을 유지하며 새 학교에 적응할 수 있었다. 그러지 않았으면 미쳐 버렸을지도 모른다.

내 손으로 보물창고를 없앴다. 엄마가 보는 앞에서 파일을 하나하나 지웠고 구글 계정도 샅샅이 내보였다. 담담한 척했으나 신체 일부가 떨어져 나가는 기분이었다. 금단현상도 있었다. 급식소나 교실, 거리에서 새로운 섹시 걸들을 볼 때마다 나도 모르게 스마트폰에 손이 갔고, 하마터면 셔터를 누를 뻔하기도 했다.

555프로젝트라는 것도 마음에 들 리 없었다. 기말고사가 끝나자마자 가동된 프로젝트의 출발은 1년 동안 즐겁게 지낼 멘토 정하기였다. 즐겁게 지낼? 코웃음이 났지만 용어 자체가 그런 모양이었다. 프로젝트에 따르면 상담 선생을 포함한 성인 네 사람을 정해야 했다. 억지로 하는 일이니 어떻게 되든 상관없었다. 상담 선생이 지원단이 있다면서 프로젝트 출신 선배 명단을 보여 주었다. 이름 옆에 소속 대학과 전공과목이 적혀 있었는데 뜻밖에 해수 형이 있었다. 그는 맞벌이 부모를 대신하여 아기 때부터 나를 돌봐 준 동네 이모의 아들이다. 해수 형의 멘토는 엄마였다는 얘기도 들었다. 하지만 나는 네 사람 속에 가족이 들어가야 한다면 아빠를 택하겠다고 마음먹었다. 보물창고를 없애게 한 엄마에 대한 원망이 가시지 않았기 때문이다.

등 뒤에서 현관 센서 등이 꺼졌다. 이럴 때면 누군가 내 어깨를 붙들고 앞으로 부드럽게 밀어 주는 것 같았다. 그래서 흐린 오후나 어두운 밤에 들어와도 외롭지 않았다. 컴퓨터만 있으면 혼자 있는 시간이 평온하고 좋았다. 엄마는 남보다 일찍 철들었다며 안쓰러워하지만, 그건 아빠의 부재 탓이라기보다는 누구나 혼자라는 걸 조금 일찍 깨달았을 뿐이다.

거실에 불을 켜려다가 멈췄다. 안방에서 두런거리는 소리가 들렸다. 남자 목소리도 섞여 있었다. 나는 문 쪽으로 다가가 귀를 기울였다. 숨죽여 들어 보니 엄마가 스피커를 켜 놓은 채 통화하고 있었다. 상대는 놀랍게도 할아버지였다. 그동안 엄마는 명절이나 생신 때 나만 할아버지 댁으로 보냈고 나 역시 어떤 소식도 물어 나르지 않았다. 그러다가는 아빠의 새 가족 이야기까지 하게 될 것 같아서였다. 남자인 내가 봐도 멋지고 다정다감한 아빠는 재혼한 여자와 그 딸과 함께 지낼 땐 딴 세상 사람이었다. 그러니 나는 자연스레 할머니, 할아버지와 시간을 보내다가 서둘러 엄마에게 돌아오곤 했다.

"꼭 그렇게까지 해야 해? 한창 공부할 나이에 그 무슨 시간 낭비야. 나는 이해가 안 된다."

"잘 키우고 싶어서입니다. 아버님께서 꼭 해 주시면 좋겠어요. 먹고사느라고 자식을 어떻게 키웠는지 모르겠다고 늘 말씀하셨잖아요. 그때 놓치셨던 일, 진목에게 한다고 여기시면 좋겠어요."

"아무리 바빠도 자식 손 안 빌렸는데 손자에게 일을 시키라니⋯⋯ 그 뭐냐, 꼭 필요하다면 통장에 월급 넣어 주고 서류만 만들어 주면 안 되나?"

"안 됩니다. 애지중지 키우신 애비가 어떤지 아시면서⋯⋯ 아버님 식당에서 일단 시작하게 해 주세요. 엄격하게요."

"그래, 알겠다. 무슨 영문인지 모르겠지만 진목이를 자주 보는 건 좋구나."

"⋯⋯다시 연락드리겠⋯⋯."

스마트폰을 든 채 엄마가 거실로 나왔다. 서로 흠칫 놀랐으나 나는 내 방 쪽으로 걸어갔다.

"진목아, 잠깐만 얘기하자. 멘토, 해수 말고는 아직 결정 못 했다며?"

그사이 해수 형이나 상담 선생과 연락을 했던 모양이다. 나는 엄마가 끼어들 여지를 주고 싶지 않았다.

"정했어요. 아빠와 이모부요."

"이모부? ⋯⋯해 주신다니?"

"연락해 봐야죠."

아빠란 단어는 엄마에게 늘 묵음 처리였다. 이번에도 마찬가지였지만, 내가 아빠를 선택해서 꽤 놀라는 눈치였다. 마음이 살짝 흔들렸으나 엄마를 향한 적대감을 드러내는 게 먼저였다. 조금 치사하더라도 이기고 싶었다.

버스 타고 가는 건 처음이라 신경이 쓰였지만 정류장에 잘 내렸다. 바다 냄새가 코끝을 간질이고 멀리 방파제가 보였다. 항구 이름을 딴 할아버지의 가게 앞은 여전히 북적거렸다. 나는 시계를 보았다. 개점이 한 시간이나 더 남았는데 벌써 사람들이 줄지어 서 있다니, 입소문이나 SNS 때문인지는 모르지만, 뭐가 됐든 참 힘이 세다. 내가 먹기엔 그저 그런 칼국수인데 찾아오는 사람이 끊이지 않았다. 어떤 기관이 인

증해서 국민 맛집으로 선정된 후로는 울산 시티투어 경유지가 되기도 했다. 누구는 조개 양에 놀란다고 했고 누구는 면발이 맛있다고 했지만, 바다를 배경 삼아 찍는 인증사진 때문인 것 같기도 했다.

할아버지는 테이블을 닦고 있었다. 할머니의 안부를 묻자 아빠 집에 갔다고 했다. 내가 어릴 때는 우리 집에도 자주 왔었는데, 할머니는 아빠가 나이를 먹어도 한결같이 아들 바라기인가 보다.

"도대체 555프로젝트라는 게 뭐냐?"

테이블에 앉자마자 할아버지는 대뜸 말했다. 난들 제대로 알겠느냐마는, 주워들은 대로 설명해야 했다.

"자아 계발? 자아 성장? 뭐 그런 프로그램이에요. 나 자신이 누군지, 뭘 잘하는지 고민하고, 앞으로 뭘 하며 살아야 하나 궁리하는 거예요. 혼자 하기 어려우니 네 명의 멘토, 음, 도움을 주는……."

"멘토가 뭔 말인지는 나도 안다."

"아, 예. 그러니까 멘티는 여러 멘토를 정기적으로 만나고요. 수료할 때는 1박 2일 동안 모두 함께 특정 장소에 모여야 해요. 그것까지 해서 100시간 채우고요. 일은 400시간."

"책상머리에 앉아만 있는 것보다는 몸으로 배우는 게 좋

잘못

89

겠지만, 기간이 기네. 곧 2학년인데 공부에 지장도 있을 테고…… 이런 마당에 굳이 하려는 이유가 뭐냐?"

순간 나는 머리를 빠르게 굴렸다. 엄마가 말하지 않았나 보다. 이혼으로 끝난 관계지만 불리한 얘기는 하고 싶지 않았을 것이다. 그렇다면 내가 구태여 밝힐 필요도 없다.

"음, 제 미래에 대해 생각할 때가 되었고 이 프로그램 출신 선배가 권하기도 해서요. 알바는 주말에만 하면 되니까 운동하는 셈 치면 될 거 같아요. 월급도 주실 거죠?"

"그야 일만 제대로 한다면야…… 대충 넘어갈 생각이라면 시작하지 마. 봐주는 거 없다."

나는 마음을 들킨 것 같아 움찔 놀랐지만 능숙하게 말했다.

"그럼요. 열심히 할게요."

"손님이 들어올 때는 주차 안내, 그 외 시간엔 청소 및 주방보조."

내가 고개를 끄덕이자 할아버지는 아르바이트 근로계약서를 꺼냈다. 빈칸이 듬성듬성했다.

"사용자 ○○○은 이하 '갑'으로 칭하고 근로자 ○○○은 이하 '을'이라 칭하며……."

첫 줄을 읽은 다음 할아버지는 순서대로 이갑계, 이진목을 적었다. 갑, 을이라는 단어가 미묘한 울림을 주었다. 할아버

괴물이 된 아이들

지는 내 동의를 구하며 기간, 시간, 급여를 적었다. 내용 작성을 끝낸 할아버지는 서류를 돌렸고 나는 주소와 주민등록번호, 이름과 연락처를 쓴 다음 사인을 했다. 내 생애 최초로 계약서를 받는 감개무량한 순간, 할아버지는 부탁이 있다고 했다.

"……멘토 말인데, 네 아빠 대신 내가 하자."

잘못 들었나 싶었다. 나이도 많고 학력도 보잘것없다면서 멘토라니…….

"네가 우리 집에 일하러 온다는 판에 말을 안 할 수 없구나. 네 아빠, 요새 혼자 지낸다."

"예? 왜…….""

나는 새엄마란 단어를 말하기 싫어 얼버무렸다.

"이번엔…… 고소까지 당했다니 일이 더 커졌더구나."

할아버지도 주어를 빼먹고 말했지만 나는 정확하게 알아들었다. 그리고 그 순간 잊은 줄로만 알았던 장면들이 떠올랐다. 온갖 물건을 부수고 우리를 때리던 아빠, 다음 날이면 무릎 꿇고 빌던 아빠, 한없이 다정하다가도 갑자기 냉정해지던 얼굴과 커다란 손…….

숨이 가쁘고 진저리가 쳐졌다. 갑자기 몰아치는 기억에 나는 물에 빠진 듯 허우적거렸다.

"먹고사는 게 바빠 제대로 가르치지 못했던 내 잘못이 크다. ……기회라면 기회인데, 그 멘토라는 거 내가 하마. 네 엄마가 너를 보낸 이유를 이제야 알겠어."

할아버지의 말이 제대로 이해되지 않았지만 되묻지 않았다. 아빠는 나의 멘토가 될 수 없다는 것만 간신히 깨달았는데 그걸로 족했다.

겨울방학의 나날들이 평온하게 흘러갔다. 나는 집에서 가까운 학원 대신 학교 인근의 학원에 다녔다. 호감을 보이는 여학생 때문이 아니라 한 시간 오가는 버스에서 만나는 섹시 걸들이 좋았다. 그리고 마음의 두근거림이 다시 찾아왔다. 보이지 않는 그 무엇이 가슴팍 어느 부위에서 들썩였고 나는 셔터를 눌렀다. 그 어느 때보다 머릿속이 깨끗했고 손놀림은 정확했다. 이윽고 깊은 밤에 찾아드는 황홀감, 그 기운으로 나는 열심히 공부했고 조금씩이나마 다정한 아들로 돌아갔으며 알바도 성실하게 할 수 있었다.

나의 평화를 깬 건 한 통의 전화였다. 나는 컴퓨터 앞에 앉아 인터넷 강의를 듣고 있었다. 낯선 번호였지만 몇 번이나 걸려 오기에 통화 버튼을 눌렀다. 한동안 연락하지 않던 민재에게서도 며칠째 전화가 와서 뭔가 찜찜하던 차였다.

괴물이 된 아이들

"나, 국어 샘이다."

순간적으로 가슴이 덜컥 내려앉았지만 나는 목소리를 가다듬고 깍듯하게 인사했다.

"단도직입적으로 말할게. 민재 만났니? 통화는 했겠지?"

머리를 빠르게 굴렸으나 무슨 영문인지 알 수 없었다.

"아, 아니요……."

"민재가 우리 학교 여학생들 사진을 단톡에 뿌렸어. 삽시간에 퍼졌고. 그거, 네가 찍었다며?"

"무슨 말씀인지 모르겠는데요."

"야, 이진목. 또 시치미 떼는 거야? 우리 속이고 담임에게 딴 핑계 대고 전학 가 버리면 끝인 줄 알았어? 너희 엄마도 그러실 줄 정말 몰랐다. 친한 선생 이용해서 입막음한다고 그게 끝날 일이야? 아무튼 이번엔 그냥 넘어가진 못할 거다. 학폭위가 열릴 거고 너도 소환될 거야."

"말씀이 너무……."

놀랍고 화가 났지만 아차 싶어 입을 닫았다.

"지나치다고? 박수정 샘은 그때부터 남자반 수업을 못 하겠다는데 지나치다고? 자기 사진이 어딘가에 떠돌고 있을 것 같아 불면증에 시달린다는데 너는 지금 지나치다는 거야?"

한 번도 들어보지 못한 노여운 목소리에 나도 모르게 스마트폰을 꺼 버렸다. 다리가 달달달 떨리고 손에 땀이 찼다. 침대로 던져 버린 폰이 다시 울렸다. 무서운 짐승이 내는 소리 같았다. 그 누구에게도 내 보물창고를 발설한 적이 없는데 유출이라니, 있을 수 없는 일이다.

나는 일어나 방 안을 천천히 걸었다. 숨을 고르고 마음을 가라앉혔다. 민재, 민재, 민재…… 파일을 뒤지듯 내 머릿속을 헤집었다. 한참 만에 기억 하나가 떠올랐다. 우리 학교 여학생이라고 했던 국어 샘의 말과 결합하면서 반짝, 전구가 켜졌다.

날아가는 총알만큼 빠르게 책상에 앉아 컴퓨터를 열었다. 메일 수신함 목록에서 '지역 탐구 보고서'를 확인한 다음 클릭했다. 울산 1, 울산 2, 울산 3, 울생 4…… 아, 숨이 턱 막혔다. 우리 학교 학생 '울생 4'가 어쩌다가 거기에, 내가 왜? 나는 그런 실수를 할 사람이 아니다. 보물창고를 늘 굳게 잠가 놓고 한밤중에 나 홀로 들어갔다. 그런데 어떻게 이런 일이?

엄지를 거듭 치켜세우던 민재가 떠올랐다. 그동안 생까고 있었다니, 의뭉스러운 놈이다. 봤으면 혼자만 감상하지 이제 와 까발리다니 더럽게 나쁜 새끼다. 입이 마르고 목이 탔다. 나는 방문을 열고 밖으로 나갔다. 거실 구석에서 엄마가 소리 내어 울고 있었다. 내가 가까이 가려 하자 엄마가 팔을 휘

내저었다. 엄마 손에는 스마트폰이 들려 있었다.

완강한 거부에 나는 걸음을 멈추었다. 엄마는 우는 것으로 부족한지 이제는 벽에 머리를 쿵쿵 박았다. 나는 이러지도 저러지도 못한 채 중얼거렸다. 씨바, 좆됐다⋯⋯.

저는 오랫동안 학교 물을 먹었어요. 안에서 여러 일을 겪다 보면 학교는 사회나 국가와 다를 바 없다는 생각을 자주 하게 돼요. 관리자의 비전과 실천력에 따라 구성원들의 삶이 그네를 타고, 스타일의 차이 때문에 동료 선생님 대하기가 곤혹스러울 때도 많아요. 아휴, 교실은 그야말로 사회의 축소판이지요.

학생이라는 이름으로 뭉뚱그려지지만 얼마나 다종다양하고 변화무쌍한지, 청소년 독자 여러분도 알 거예요. 그래서 저는 일찌감치 "청소년도 인간이다"라고 말했답니다. 모든 인간의 삶이 그러하듯 청소년도 자신의 기질과 성향대로 좌절과 성취, 믿음과 배신, 협력과 고립 사이를 오가거든요. 사건 사고도 비일비재한데 학폭이나 교권 침해는 가볍게 여길 수 없는 심각한 문제예요. 잘못을 깨치지 못한 채 넘어간다면 더 잔인하고 왜곡된 범죄를 저지르는 어른이 될 수 있으니까요.

최근 여러 영상 매체를 통해 학원물 영화와 드라마를 꽤 봤어요. 세련된 영상은 기본, 청소년 문제에 접근하는 태도와 서사 전개가 훌륭하더군요. 시리즈를 단숨에 볼 정도로 몰입하며,

이렇게 재밌는데 누가 소설을 읽겠나 싶었어요. 자괴감도 몰려왔고요. 하지만 저는 이내 마음을 고쳐먹었답니다. 문학이라는 장르는 상상하고 사색하는 힘을 준다는 믿음으로요.

이 글은 몇 년 전에 겪었던 실제 사건을 모티브로 하고 있습니다. 학교, 학생, 학부모가 간과하거나 덮어 버리는 일이기도 하고요. 부디 저의 발언이 독자 여러분께 사색의 꼬투리로 닿길 바랍니다.

정명섭

1973년 서울에서 태어났다. 대기업 샐러리맨, 바리스타로 활동하다 현재는 전업 작가로 지내고 있다. 다양한 장르의 글을 쓰며 지금까지 앤솔로지 포함 약 160여 권의 책을 집필했으며, 라디오와 팟캐스트, 학교와 도서관에서 강연을 통해 독자들을 만나고 있다. 대표작으로는 《미스 손탁》, 《남산골 두 기자》, 《사라진 조우관》, 《상해임시정부》 등이 있다.

"야! 공부 좀 해! 유튜브인지 뭔지는 그만 보고."

현관문을 열고 들어서자마자 소파에 앉아서 TV를 보고 있던 엄마의 잔소리가 기관총처럼 쏟아졌다. 올해 고등학교에 올라가면서 잔소리는 더 심해졌다. 얼른 방에 들어가서 유튜브를 봐야겠다는 생각에 동우는 "알겠다" 하곤 서둘러 방으로 들어갔다. 밥 먹으라는 외침이 들려왔지만 그게 문제가 아니었다. 구독하고 있는 유튜브 채널 〈공포 탐정〉 알림이 떴기 때문이다. 내용이 진짜 엄청나게 재미있는데다가 정말 신묘한 절단신공을 보여 줘서 다음 편을 기다리게 만들었다.

그런데 오늘, 학교가 끝나고 나오는 길에 알림이 뜬 것이다. 한 시간 후에 마지막 편이 방송된다는 메시지를 확인한 동우는 PC방에서 게임하기로 한 약속을 깨 버리고는 곧장 집으로 갔다. 얘기를 들은 친구 민섭이는 어이없다는 표정을 지으며 유튜브는 언제든지 볼 수 있는 거 아니냐면서 게임하고 집에 가서 보라고 했다. 하지만 동우는 단칼에 거절했다. 그러자 민섭이는 휴대폰으로 보면서 게임을 하라고 했지만, 동우는 그것도 안 된다고 했다. 방에 있는 커다란 모니터로 보고 싶었기 때문이다.

의자에 앉기도 전에 컴퓨터를 켠 동우는 가방과 옷을 허물 벗듯이 바닥에 내팽개치고는 서둘러 의자에 앉았다. 부팅이 되자마자 마우스를 클릭해서 〈공포 탐정〉 유튜브에 들어갔다. 새로운 영상이 올라온 걸 확인한 동우는 환호성을 지르며 이어폰을 귀에 꽂았다. 영상을 틀자 잠시 화면이 어두워지다가 중세 페스트 시대 때 의사가 쓸 법한 새 부리 모양의 마스크를 쓴 공포 탐정이 보였다. 깍지 낀 손으로 화면을 응시하고 있던 공포 탐정이 갑자기 새 부리 모양의 마스크를 벗었다. 그동안 유튜브 방송에서 단 한 번도 마스크를 벗은 적이 없었기에 동우는 소스라치게 놀라고 말았다.

"어!"

하지만 더 놀랍게도 새 부리 모양의 마스크를 벗자 푸른색의 도마뱀 같은 얼굴이 나왔다. 너무 놀란 동우는 저도 모르게 비명을 질렀다.

"뭐야!"

그러다가 뒤늦게 거실에 있는 엄마의 존재가 떠올라 입을 틀어막았다. 다행히 엄마는 드라마에 푹 빠져 있는지 별다른 반응이 없었다. 천천히 입에서 손을 뗀 동우는 화면 속의 파충류 얼굴을 한 공포 탐정의 얘기에 귀를 기울였다.

– 놀라셨습니까, 여러분? 특수 분장 하는 친구에게 부탁했는데, 저도 거울을 보고 무서웠습니다.

"그러게요. 진짜 놀랐잖아요."

동우가 마치 친구에게 말하듯 얘기했다. 아싸인 동우에게는 민섭이를 제외하고는 친구가 없었다. 그나마 민섭이도 동우가 게임비를 내 주거나 코인 노래방에서 돈을 내줘서 어울리는 것 같은 눈치였다. 집이 특별히 잘사는 것도 아닌데다가 운동이나 공부에서 특출난 재능이 있는 것도 아니었다. 거기에 소심한 성격과 눈에 띄지 않는 외모가 더해지면서 자연스럽게 아싸의 길을 걷게 되었다.

그 어디에도 마음을 붙이지 못한 동우는 자연스레 유튜브에 빠져들었다. 게임부터 먹방까지 다양한 종류를 섭렵하던 동우가 최근에 빠진 것은 바로 〈공포 탐정〉이라는 유튜브였다. 〈공포 탐정〉 유튜버는 진짜 신기하고 무서운 얘기들을 많이 들려줬다. 한국 전쟁과 베트남 전쟁 때 한국군이 외계인과 전투를 벌였다는 얘기부터 1976년 청와대 상공에 UFO가 나타난 이후 청와대에서 한국판 블루 북 프로젝트를 진행했다는 재미난 이야기까지 말이다. 최근에는 렙틸리언에 관한 음모론도 얘기해 줬다.

– 여러분, 렙틸리언을 아십니까?

"물론이죠. 지난번에 얘기해 주셨잖아요."

이전 영상 마지막에 렙틸리언이라는 존재에 대해 언급하면서 다음번 주제라고 했다. 인터넷을 뒤져 본 동우는 엄청나게 재미있을 것 같다는 생각에 다음 영상을 기다리고 있었다.

– 렙틸리언(Reptilians)은 파충류라는 뜻의 렙타일(Reptile)과 외계인이라는 뜻의 에일리언(Alien)을 합쳐서 만든 단어입니다. 한마디로 파충류형 외계인이라는 뜻이죠. 어린 친구들은 잘 모르겠지만, 제가 어릴 때는 〈브이〉라는 미드가 선풍적인 인기를 끈 적이 있습니다. 거기서 렙틸리언인 다이아나가 쥐를 삼키는 장면을 보고 많은 아이가 놀랐죠.

공포 탐정이 손가락으로 자기를 가리키더니 덧붙여 말했다.

– 물론 저도 그중 한 명이었습니다.

화면 한쪽에 입을 한껏 벌린 채 생쥐를 삼키는 외계인 여성의 모습이 떴다. 그 모습이 너무 조잡하고 어색해서 동우는 웃음을 참지 못했다.

"엄청 어설프네."

그때 얼굴의 절반이 뜯긴 다이아나의 얼굴이 보였다. 공포 탐정이 특수 분장으로 구현한 파충류형 외계인 렙틸리언과 비슷했다. 여전히 손은 깍지 낀 채로 공포 탐정은 이야기를 이어갔다.

– 그런데 말입니다. 파충류형 외계인이 드라마가 아니라 실제로 존재하고 있고, 심지어 우리 곁에 있다는 주장이 제기되고 있습니다. 그런데 이런 얘기가 그저 음모론의 하나로 취급되고 있습니다. 무슨 얘기냐고요? 저 같은 사람들이 렙틸리언이 실존한다고 주장하면, 대부분 드라마를 언급하며 반박합니다. 어릴 때 드라마를 너무 열심히 봤구나 내지는 그런 건 드라마에나 나온다면서 말이죠. 어떤 주장을 제기했을 때, 그 주장을 가장 쉽게 무너뜨리는 건 무시하는 거고 그 다음은 비웃는 겁니다. '너, 드라마랑 현실이랑 구분 못 하는 거야?'라는 식으로 말이죠.

이 얘기를 하고는 한참 웃던 공포 탐정이 다시 진지한 눈빛으로 정면을 바라봤다.

– 하지만 우리 곁에 렙틸리언들이 오래전부터 존재했다는 증거는 차고 넘칩니다. 자료 화면을 보도록 하겠습니다. 참

고로 이런 자료 화면은 처음 보셨을 겁니다. 당연히 감추려고 하는 쪽이 너무 많기 때문이죠.

그러고는 화면이 바뀌었다. 거기에는 동우도 알 만한 유명인들이 차례로 나왔다.

"오바마, 힐러리, 빌 게이츠에 엘리자베스 영국 여왕도 있네. 그런데 눈들이 다 이상해."

순간적으로 화면이 정지될 때 그들의 눈동자가 세모꼴로 바뀌었다. 미국의 흑인 앵커는 방송 도중 갑자기 뭔가에 놀라서 움찔했는데, 혀가 마치 도마뱀처럼 길게 삐져나왔다. 그리고 다른 뉴스 앵커는 말할 때 갑자기 귀에서 뭔가가 튀어나왔다. 보통 화면으로는 잘 안 보였는데, 정지 화면에 가까운 느린 화면으로 보니까 너무 잘 잡혔다. 동우가 너무 놀라 입을 다물지 못하고 있을 때, 공포 탐정이 나지막하게 말했다.

─ 놀라셨나요, 여러분? 이건 시작에 불과합니다. 우리가 알고 있는 유명한 정치가와 기업가, 그리고 연예인들 중 상당수는 바로 외계에서 온 파충류 종족인 렙틸리언입니다. 그들은 인간의 껍데기를 하고 우리 곁에서 지내고 있는 중이죠.

"맙소사."

너무나 흥미진진하면서도 무서운 얘기에 동우는 입을 다

괴물이 된 아이들

물지 못했다. 그런 와중에 공포 탐정의 얘기가 이어졌다.

─ 심지어는 말입니다. 제가 예전에 방송한 거 기억하시죠? 그 무시무시한 유태인 가문인 로스차일드가 역시 렙틸리언들이라는 믿을 만한 증거들이 있습니다.

"말도 안 돼!"

동우가 머리를 감싸 쥔 채 말했다. 하지만 공포 탐정은 거침없이 말했다.

─ 일루미나티와 프리메이슨 모두 렙틸리언들의 하수인에 불과합니다. 아주 오래전에 충성을 맹세하고 수족 노릇을 하고 있죠. 제가 지난번에 그들이 얼마나 강력한 세력을 가지고 있는지 말씀드렸던 거 기억하십니까?

"그럼요. 그거 보고 무서워서 며칠 동안 잠도 제대로 못 잔걸요."

─ 그런 조직들조차 렙틸리언들 앞에서는 고양이 앞의 쥐 신세입니다. 로스차일드가 역시 렙틸리언들에게 장악된 상태이고요. 그들의 손아귀에서 간신히 탈출한 가문의 구성원이 언론가인 데이비드 아이크와 모종의 장소에서 인터뷰를 통해 폭로한 영상을 링크에 남겨 놓겠습니다. 방송 끝나고 꼭 보시기 바랍니다. 그렇다면 여기서 우리는 한 가지 궁극적인 질문을 할 수 있습니다. 그럼 이 외계인들은 왜 자신의

정체를 숨기고, 우리 곁에 몰래 사람인 척하면서 지내는 걸까요?

동우도 그게 너무나 궁금해서 마른침을 삼키며 들었다.

– 바로 인간을 노예로 만들기 위해서죠. 지구를 지배하려는 것입니다. 다음 화면에 진실이 담겨 있습니다.

화면이 바뀌고 뭔가 이상한 게 나타났다. 동우는 모니터에 얼굴을 바짝 들이댄 채 중얼거렸다.

"이게 무슨 지도지?"

– 이건 '대각성의 지도'입니다. 여기 보시면 우리 주변에 감춰진 진실들을 볼 수 있죠. 제가 주목하는 건 여기 오른쪽 아래, 남극 옆입니다. 뭐라고 써 있는지 보이십니까?

동우가 화면에 보이는 글씨를 읽었다.

"은하 연합의 태양계 함대? 명왕성 궤도에서 대기 중?"

– 렙틸리언들은 은하 연합의 주축입니다. 그들의 본성에서 보낸 함대가 명왕성 궤도에서 대기 중이죠. 그걸 어떻게 아느냐고요? 2006년, 명왕성은 뜬금없이 태양계의 행성에서 제외됩니다. 크기가 너무 작다는 이유에서 말이죠. 그러면서 우리 기억 속에서 명왕성은 사라져 버립니다. 왜냐하면 지구의 우주 기술이 발전하면서 명왕성을 탐색하기 시작했고, 그러면 앞으로 그 궤도에 있는 함대가 발견될 수 있기 때

문이죠. 그래서 명왕성을 제외시킨 거죠. 어떤 권력이 그런 짓을 할 수 있겠습니까? 명왕성은 이전부터 명왕성이었고, 앞으로도 명왕성입니다. 그런데 왜 태양계에서 제외됩니까? 그곳에 있는 뭔가를 우리로부터 감추기 위한 수단에 불과합니다.

목소리를 높인 공포 탐정의 말에 동우는 주먹을 불끈 쥔 채 대꾸했다.

"그렇지. 뭔가 감추려는 게 분명해!"

－ 그리고 한 가지 더 있습니다. 인간은 이미 1960년대에 달에 갔습니다. 그다음은 화성 아닙니까? 그런데 오히려 우주 개발 계획은 퇴보하고 말았습니다. 돈이 많이 든다는 이유만으로 계획은 계속 미뤄졌고, 최근에서야 다시 달에 가려는 시도가 이어지고 있습니다. 우주 개발이 수십 년 동안 정체된 것은 모두 명왕성에 있는 렙틸리언 함대의 존재를 감추기 위한 겁니다. 그렇다면 그들은 언제 쳐들어올까요? 머지않았습니다, 여러분.

"머지않았다고?"

동우는 가슴이 덜컹 내려앉았다. 학교는 재미없고 엄마는 무서웠지만, 렙틸리언들의 노예가 되면 다 없어질 수 있기 때문이다. 거기다 PC방에 코인 노래방까지 없어질 수 있다고 생각하니까 갑자기 무서워졌다. 다시 '대각성의 지도'가 화면에 나왔고 공포 탐정의 목소리가 들렸다.

– 지도 위쪽에 '거대 태양풍'이라는 글씨가 보이십니까? '거대 각성' 위에 있는 거 말입니다.

"보여요."

– 태양의 흑점이 점점 커지고 있다고 합니다. 하지만 학계와 언론에서는 전혀 언급되지 않고 있습니다. 태양의 흑점이 임계치를 넘으면 거대한 태양풍이 지구를 덮칠 겁니다. 그럼 지구의 문명은 그대로 붕괴되지요. 명왕성 궤도에 있는 렙틸리언들의 함대는 바로 그 이후에 지구에 올 겁니다. 문명이 붕괴되었으니 저항은 불가능하겠죠. 렙틸리언들이 변장하고 있는 권력가와 기업가들은 저항은 쓸데없는 짓이라고 선동하면서 저항 의지를 꺾어 놓을 테니 말입니다. 그리고 결국 우린 외계에서 온 파충류의 노예가 되는 거죠.

"진짜 큰일이네?"

공포 탐정은 동우가 한 얘기를 마치 듣기라도 한 것처럼 말을 이어 갔다.

– 그것이 바로 렙틸리언들이 정체를 숨기고 우리 곁에 있는 이유입니다. 지금 이 순간에도 그들은 음모를 꾸미고 있습니다. 우리를 노예로 만들기 위해서 말입니다. 우리는 어

괴물이 된 아이들

떻게 해야 할까요?

동우가 주먹을 불끈 쥐며 대답했다.

"싸워야죠."

— 인간답게 살아가기 위해서는 저항해야 합니다. 렙틸리언들의 존재는 우리에게도 큰 위협이 되고 있습니다. 지금 우리 곁에도 얼마나 많은 렙틸리언이 있는지 아십니까?

"정말?"

놀란 동우의 말에 화답이라도 하듯 공포 탐정이 열을 올렸다.

— 그렇습니다. 렙틸리언들은 한국에도 있습니다. 한둘이 아니고 엄청나게 많이 여러분 곁에 존재합니다.

그러면서 화면을 향해 손가락질을 했다. 동우는 가슴에 손을 얹고 말했다.

"저, 아니에요. 절대 아니에요."

— 특히 학교에 많이 있다는 믿을 만한 정보가 있습니다.

"하, 학교요?"

— 우리나라만의 독특한 특징이라고 할 수 있습니다. 처음 관련 정보를 입수했을 때 왜 그런지 고민을 하면서 검증을 했는데요. 어렵게 답을 찾았습니다. 그건 바로 렙틸리언들이 우리를 멍청이로 만들 속셈인 겁니다.

공포 탐정의 말에 동우는 저도 모르게 "그렇지"라고 중얼거리며 고개를 끄덕였다. 학교에는 좋은 선생도 있었지만 이상한 선생들도 많았다. 동우가 생각하는 학교는 자기같이 불쌍한 아싸가 더 돌봄을 받아야만 했다. 하지만 몇몇 선생들을 제외하고는 공부 잘하는 애들에게만 관심이 있었다. 아니면 아예 학생들에게 관심이 없거나.

"요즘 학교는 진짜……."

공포 탐정은 그런 동우의 속마음을 마치 꿰뚫어 보듯 말을 했다.

– 대한민국은 손꼽히는 교육 강국입니다. 속된 말로 우리가 자원이 많습니까? 땅이 넓습니까? 좁은 땅은 두 동강 났고, 전쟁까지 나서 빈털터리에서 시작했다 이 말입니다. 그런 우리나라가 선진국이 된 건 바로 교육 때문입니다. 그래서 렙틸리언들이 우리나라에서는 권력이나 재력을 장악하는 대신 교육계를 장악하려고 하는 겁니다. 왜냐? 정치하거나 기업하는 놈들은 다 썩어 빠졌거든요. 걔들은 렙틸리언이 아니라 프리메이슨 선에서 정리할 수 있습니다. 하지만 교육은 다른 문제입니다. 렙틸리언들은 십 년 전부터 은밀하게 교육계에 침투했습니다. 우리나라의 교육을 망치기 위해서죠. 이 방송을 듣고 있는 학생들이라면 제 말이 무슨 얘긴지

괴물이 된 아이들

알 겁니다.

"그럼요. 잘 알죠."

동우는 굳은 표정으로 고개를 끄덕거렸다. 오늘만 해도 기정이가 금연 학칙을 어겼음에도 기정이네가 부자라는 이유로 아무런 처벌 없이 그냥 넘어가고, 기정이와 같이 담배를 피운 예준이라는 친구만 처벌받을 예정이었다. 그런데 그 친구는 물론 같은 반 아이들도 기정이에 대해선 입을 꾹 다물었다. 솔직하게 말해 봤자 오히려 고자질을 했다고 따돌림을 당할 수도 있었기 때문이다.

― 여러분, 학교에는 렙틸리언이라는 괴물이 있습니다. 하루라도 빨리 박멸하지 않으면 우리는 파충류 외계인들과 그들과 결탁한 배신자들의 노예로 살아가게 될 겁니다. 그런 삶을 살고 싶으십니까?

"아뇨! 절대 아닙니다."

'빌라에 사는 거지'라는 의미로 '빌거'라고 놀림받는 것도 지겨운데 더 심한 취급을 받고 싶지는 않았다. 동우가 절박한 마음에 저도 모르게 큰 소리로 대답한 순간, 공포 탐정이 책상 밑에서 뭔가를 꺼내 올려놨다. 기다란 캔 모양이었는데 위에는 플라스틱 뚜껑이 달려 있었다.

"헤어스프레이처럼 생겼네?"

동우가 중얼거리는데, 공포 탐정이 캔을 들어 올렸다.

– 이게 바로 파충류 외계인 렙틸리언들을 제압할 수 있는 무기입니다. 바로 렙터-22인데요. 저와 협력하고 있는 외계인 퇴치 연구소에서 극비리에 제작한 겁니다. 이걸 렙틸리언들의 얼굴에 대고 쏘면 가짜 피부가 녹으면서 그들을 제압할 수 있습니다. 그럼 그들의 정체가 밝혀지겠죠.

"아하, 그럼 렙틸리언들이라는 걸 밝힐 수가 있구나."

공포 탐정은 렙터-22를 이리저리 흔들면서 말했다.

– 원래 극소량을 비밀리에 생산하기 때문에 가격이 많이 비싸지만 정의를 위해서 싼값에 팔도록 하겠습니다. 한 캔에 2만 원, 세 캔 묶음은 5만 원에 팝니다. 물론 배송비는 별도이고요. 유튜브 화면 아래쪽에 있는 더 보기를 누르시면 구매할 수 있는 링크가 나옵니다. 비쌀 수도 있지만 여러분 주변에 렙틸리언이 있는지 없는지 불안해하면서 사는 것보다는 훨씬 필요한 일입니다.

"그렇죠. 비싸더라도 장만해야겠네."

– 명심하십시오. 확실할 때만 쓰셔야 하고, 절대 비밀을 지켜야 합니다. 저도 이 영상을 24시간 후에 폭파시킬 예정입니다.

진지하게 얘기하는 공포 탐정을 보며 동우가 바짝 졸았다.

"그렇게 위험한 상황인가?"

– 그 누구에게도 오늘 들은 얘기를 하시면 안 됩니다. 정말 쥐도 새도 모르게 끌려가서 여러분의 존재 자체가 사라질 수 있거든요. 제게 관련 정보를 제보한 사람들 중에 연락이 안 되는 분들이 있습니다. 제가 경찰에 신고했지만 가족이 아니라는 이유로 접수조차 안 되더군요. 렙틸리언은 우리 곁에 있습니다. 특히 학교에 있을 가능성이 높습니다. 그러니까 두려워하십시오. 공포감을 가지셔야 합니다. 그래야 진실을 알고 이겨 낼 수 있습니다, 여러분.

두 팔을 치켜 올린 공포 탐정의 목소리가 높아지자 동우가 흥분했다.

"물론이죠. 믿습니다."

그러다가 깨달았다.

"우리 학교에도 있을지 모르겠네."

공포 탐정 말대로 멀리 볼 필요가 없었다. 얼마 전에 벌어진 어처구니없는 일도 그렇고, 학교가 나날이 이상해지고 퇴보하는 것이 보였다.

"렙틸리언들이 우리 학교에 있는 게 분명해."

의심이 확신으로 변하는 순간, 공포 탐정의 외침이 귓가에 울려 퍼졌다.

우리 학교에 괴물이 있다

– 우리는 자유롭게 살 자격이 있습니다. 그 누구의 노예도 되어서는 안 됩니다. 투쟁하십시오. 싸워야 합니다. 우리가 함께하면 렙틸리언들도 결코 우리를 노예로 삼지 못할 겁니다.

동우가 용기 내어 싸우겠다고 말하려는 순간, 뒤통수에 어마어마한 충격이 느껴졌다. 렙틸리언들이 벌써 나타난 게 아닌가 싶어 뒤돌아본 동우는 더 무서운 존재와 마주쳤다.

"엄마?"

"너, 이 새끼! 공부는 안 하고 뭐 보고 있는 거야?"

눈을 부릅뜬 엄마의 말에 동우는 황급히 마우스를 클릭해서 영상을 끄려고 했다. 하지만 엄마의 잔소리가 더 빨랐다.

"뭘 하고 있나 해서 들어왔더니 순 이상한 것만 보고 있네. 저건 뭐야? 도마뱀이야?"

"아니야, 아니라고. 엄마는 몰라도 돼."

"모르긴 뭘 몰라! 그렇게 공부 안 할 거면 엄마 등골 빼먹지 말고 나가서 공장이나 다녀."

악다구니를 쓰는 엄마를 방 밖으로 겨우 밀어낸 동우는 문을 잠근 뒤 등지고 막았다. 엄마는 손발로 문을 몇 번 치더니 지쳤는지 이내 잠잠했다. 겨우 한숨 돌린 동우는 얼른 모니터 앞으로 갔다. 그리고 얼른 더 보기를 누르고 링크에 들어가서 렙터-22 구매 사이트를 확인했다. 엄마 카드를 쓸까 생각했지만 그랬다가는 진짜 집에서 쫓겨날 수도 있었다. 결국 엄마에게 참고서나 책을 산다고 하고 모은 비상금을 쓸 수밖에 없었다. 그나마 요즘 돈을 안 써서 세 캔을 살 돈이 있었다. 내일 학교에 가면서 계좌 이체를 하기로 하고 일단 세 캔을 구매했다. 그런 다음 한숨을 쉬었다.

"우리 학교에 분명 렙틸리언들이 있을 거야."

동우는 다음 날부터 학교에서 공부 대신 관찰을 하기 시작했다. 렙터-22가 오면 쓸 렙틸리언들을 찾기 위해서였다. 관심을 갖고 찾아보자 너무나 많은 용의자가 떠올랐다. 일단 학생들을 짐승 취급하고 걸핏하면 짜증만 내는 교무주임이 첫 번째 용의자였다. 항상 뒷짐을 지고 다니면서 목을 뻣뻣하게 세운 채 아이들을 내려다보는 게 영 마음에 들지 않았다. 거기다 툭하면 "내가 학생 때는……" 하면서 어쩌고저쩌고 잔소리를 늘어놓으며 아이들의 의욕을 꺾었다. 특히 공부 못하는 아이들을 종종 대놓고 무시했다. 학교 교육을 망치기 위해서 노력하는 전형적인 렙틸리언의 모습이었다. 주로 복도에서 교무주임을 마주치곤 했는데, 주변에 사람이 너무 많아서 모르는 척했다. 교무실로 찾아가 볼까 생각도 해 봤지만, 역시나 그곳에도 선생님들이 많아서 일단 넘어갔다.

그다음 용의자는 담임선생님이었다. 창백하고 파리한 얼굴에 안경을 쓴 이미라 선생님은 원래 그럭저럭 나쁘지 않은 편이었다. 아이들에게 관심이 많은 편이고, 책도 많이 소개해 주었다. 그런데 이번에 반장인 기정이가 담배를 피우다 걸렸을 때, 다른 아이만 처벌하고 기정이는 봐주는 만행을 저질렀다. 교무주임보다 실망감이 더 커서 렙틸리언 후보로 올렸다.

마지막으로 렙틸리언으로 점찍어 놓은 후보가 한 명 더 있었다. 바로 학교 보안관 아저씨다. 카우보이모자를 쓰고 다니면서 거들먹거리는 것이 너무 이상하고 재수 없었기 때문이다. 자신이 특수 경찰 출신이라면서 사람들 눈만 보면 무슨 생각을 하는지 안다며 동우에게 자꾸 이상한 생각을 하지 말라고 했다. 거기다 오지랖은 태평양처럼 넓어서 여선생들의 치마가 짧다는 둥, 남자아이들이 전부 계집애처럼 군다는 둥 잔소리와 투덜거림이 밑도 끝도 없었다. 들을 때마다 계속 기분이 나빴는데, 혹시나 학교를 미워해서 그런 게 아닐까 싶었다.

대략 이렇게 렙틸리언 후보자를 마음속으로 정하고 있는데 주문한 지 일주일 만에 렙터-22가 도착했다. 생긴 건 영

락없는 헤어스프레이였고 실제로 렙터-22라고 붙은 스티커를 떼니까 헤어스프레이 제품의 상표가 나왔다. 살짝 의심이 가긴 했지만 렙틸리언들의 눈을 속이기 위한 것이라고 생각하고 넘어갔다.

다음 날, 동우는 가방에 렙터-22를 넣고 등교하면서 비장한 각오를 다졌다. 이상하게도 그날 이후 공포 탐정은 유튜브에 나타나지 않았기 때문이다. 아무리 늦어도 3일에 한 번씩은 새로운 영상을 업로드했는데, 이번에는 일주일이 되도록 영상이 올라오지 않았다. 렙틸리언에 대한 영상은 공언한 대로 폭파되었지만 다른 영상도 올라오지 않은 건 이상했다. 동우는 무슨 일이 벌어졌는지 직감했다.

"렙틸리언들의 소행이야."

온몸에 소름이 돋으면서 겁이 났다. 심지어 엄마가 자신을 감시하는 렙틸리언이 아닐까, 자신이 유튜브 〈공포 탐정〉 보는 걸 알고 엄마가 상부에 보고한 것은 아닐까 하는 의심까지 들었다. 하지만 늘 밤늦게까지 일하고 돌아와서 TV 드라마만 보는 걸 보면 렙틸리언은 아닌 거 같았다. 뭔가 음모를 꾸미고 감시 같은 걸 하기에는 너무 바쁘고 지쳐 보였기 때문이다. 이런저런 생각을 하면서 학교로 향하는데 갑자기 누군가 뒤통수를 쳤다. 렙틸리언의 공격인 듯싶어서 흠칫 놀라 뒤돌아봤다. 다행히 렙틸리언이 아니라 친구 민섭이었다.

"야! 무슨 생각을 하는데 그렇게 불러도 대답을 안 해?"

"어, 불렀냐?"

"씨발, 저기 정류장에서부터 불렀잖아. 같이 가자고."

"미안. 딴생각하느라."

동우가 대충 둘러대자 호기심으로는 전교 1등인 민섭이가 목을 조르며 물었다.

"무슨 생각? 요즘엔 PC방에도 같이 안 가고, 여자 친구 생겼냐?"

"아, 내가 무슨 여자 친구야."

목에 감긴 팔을 풀면서 투덜거리자 민섭이가 대꾸했다.

"하긴, 우리 같은 아싸에 빌거가 무슨 여친이겠어."

민섭이의 말에 동우는 살짝 열이 받았다.

"나만 빌거지. 너는 휴거 아니야? 나보다 잘살면서 무슨."

"휴먼시아 거지나 빌라 거지나, 그게 그거지. 참, 나 휴거가 아니라 엘사야. 엘사."

"그건 또 뭐야? 겨울 왕국에 살아?"

"그게 아니라 엘에이치에 사는 사람이라는 뜻이야."

민섭이의 얘기를 들은 동우는 고개를 절레절레 저었다.

"아무리 생각해도 학교는 전쟁터야. 전쟁터."

"그럼, 끝내주는 전쟁터지."

민섭이가 맞장구를 치는 와중에도 동우는 렙틸리언 생각을 했다. 렙틸리언들이 학교를 전쟁터로 만들어 버린 게 분명했다. 학력 수준을 떨어뜨려서 학교를 엉망진창으로 만들고 있는 것이다. 그게 아니라면 지금 학교에서 벌어지고 있는 일들 중에 이해되지 않는 것들이 너무 많았다.

그때 민섭이가 짜증 난 목소리로 말했다.

"쟤는 왜 또 저러고 있는 거야?"

민섭이가 말한 '쟤'는 학교 보안관 아저씨였다. 두 다리를 벌린 채 학교 정문을 딱 막아서고 있었다. 허리에 두 손을 올린 모습이며 거만한 표정까지 한마디로 재수가 없었다. 그러거나 말거나 아이들은 그 옆을 지나 교문으로 들어갔다. 동우도 다른 아이들처럼 고개를 숙인 채 학교 보안관을 스쳐 지나가려고 했다. 그때 학교 보안관의 묵직한 목소리가 들렸다.

"동우야."

"네?"

자기 이름이 불리자 놀란 동우는 고개를 들고 학교 보안관을 올려다봤다. 카우보이모자를 쓴 학교 보안관이 거만한 표정으로 말했다.

"너는 어른을 보고 인사도 안 해?"

방금 전까지 다른 아이들도 인사를 하지 않고 지나갔다. 하지만 자기한테만 시비를 걸었다는 사실에 동우는 짜증보다는 겁이 났다. 가방에 뭐가 들어 있고, 무슨 생각으로 학교에 온 건지 학교 보안관이 알아차린 것 같았기 때문이다. 다른 건 몰라도 가방에 넣어 둔 렙터-22가 들킬까 봐 겁이 났다. 아니나 다를까, 보안관 아저씨가 고개를 갸웃하더니 동우가 메고 있던 가방을 바라봤다.

"교과서 말고 딴 게 들어 있나 보네? 불룩한 걸 보니까."

동우는 '망했다'는 생각과 함께 핑곗거리가 떠올랐다.

"음료수예요."

"학교에 자판기가 있는데?"

이번에도 핑곗거리를 찾고 있는데 민섭이가 끼어들었다.

"아저씨, 빨리 들어가야 해요."

"왜?"

"선생님이 일찍 와서 책 읽으라고 했거든요."

"아이고, 그런다고 요즘 애들이 책을 읽겠어? 게임이랑 유튜브에 푹 빠져 있는데."

마치 공포 탐정의 유튜브를 보고 있는 자신을 겨냥한 것

괴물이 된 아이들

같다는 생각에 동우는 머리가 어지러웠다. 다행히 민섭이의 변명이 통했다.

"얼른 들어가라."

고맙다는 말과 함께 꾸벅 인사를 한 민섭이가 동우를 끌고 교문 안으로 들어갔다. 한숨 돌린 동우가 민섭이에게 말했다.

"고마워."

"그 정도야 뭐. 그나저나 왜 그렇게 졸은 거야?"

"조, 졸다니? 누가?"

"무슨 죄지은 것처럼 굴었잖아. 그래서 내가 나선 거고."

"말도 안 되는 소리 하지 마."

아무리 친해도 누가 렙틸리언인지 모르는 상황에서 무작정 털어놓을 수는 없었다. 렙틸리언이 아니더라도 그 하수인일지도 모를 일이었다. 고개를 갸웃거리던 민섭이가 피식 웃었다.

"오늘따라 좀 이상하네. 혹시 알고 있는 거야?"

"아, 알고 있다니? 뭘?"

동우가 화들짝 놀라며 묻자, 민섭이는 얼굴을 찌푸리며 주변을 돌아봤다.

"왜 그렇게 놀라?"

동우는 설마 하는 마음에 무섭게 노려보면서 물었다.

"뭘 알고 있다는 건데?"

그러자 이번에는 민섭이가 시선을 피했다.

"아니면 말고. 나 화장실 좀 들렀다 갈게. 먼저 올라가 있어."

민섭이가 갑자기 화장실에 간다는 핑계를 대고 사라졌다. 홀로 남은 동우는 살짝 소름이 돋았다. 수백 명의 아이들 중에 자신만 딱 골라내서 말을 거는 학교 보안관 아저씨나 평소와 다른 민섭이의 모습이 아무래도 수상쩍었기 때문이다.

"무슨 일이지?"

하필이면 렙터-22를 가지고 학교에 온 날 이런 일들이 벌어졌다. 동우는 그 누구도 믿으면 안 된다는 생각에 머리를 굴렸다.

계단 앞에 선 동우는 가방에서 렙터-22 하나를 꺼냈다. 그런 다음 복도에 있는 사물함에 가방을 넣고 복도 끝에 있는 휴지통 뒤에 렙터-22를 숨겼다. 두 개는 가방에 남겨 놓고 하나만 따로 숨긴 것이다. 그러곤 아무도 믿을 수 없고, 믿어서도 안 된다는 생각을 하면서 주변을 돌아봤다. 그런데 몇몇이 자신을 바라보고 있다가 딴청을 피우는 것 같았다. 역시 무언가 이상하니까 조심해야겠다고 생각하면서 교실로 가려는데, 교무주임과 딱 마주쳤다. 근엄한 표정의 교무주임이 어설프게 인사하는 동우를 내려다봤다.

"야! 한동우."

"네, 선생님."

"지켜보고 있다."

다짜고짜 지켜보고 있다는 말에 동우는 멍한 눈으로 교무주임을 올려다봤다. 그러자 교무주임이 눈살을 찌푸리며 말했다.

"잘하라고."

"자, 잘하겠습니다."

뭘 잘하라는 얘긴지는 모르겠지만 일단 알겠다고 했다. 교무주임은 그런 동우를 의미심장한 눈으로 바라보다가 발걸음을 옮겼다. 교무주임이 지나가자 복도에서 시끄럽게 떠들던 아이들이 썰물처럼 뒤로 물러나면서 길을 터 줬다. 동우는 떨리는 심정으로 복도 끝으로 사라지는 교무주임을 바라봤다.

"확 뿌려 볼 걸 그랬나?"

아무리 봐도 렙틸리언 같았지만 차마 용기가 나지 않았다. 그렇게 교무주임 뒷모습을 바라보고 있는데 불쑥 민섭이의 목소리가 들렸다.

"안 올라가고 뭐 해? 나 기다렸냐?"

어쩐지 신이 난 민섭이의 표정을 보니까 의심이 들었다.

그럭저럭 친하기는 했지만 이 정도로 챙겨 주지는 않았기 때문이다. 동우가 고민에 빠진 얼굴로 바라보자 민섭이가 어색한 표정을 지으며 동우의 어깨를 툭 쳤다.

"가자. 수업 시작하겠다."

그것도 이상했다. 민섭이는 수업 시작 벨이 울리기 전까지는 교실에 들어가는 걸 싫어했기 때문이다. 반 강제로 끌려 올라가면서 렙터-22를 누구에게 먼저 써야 할지 고민에 빠졌다. 교실에 들어간 동우는 의자에 앉았다. 잠시 후 들어온 담임 선생님 얼굴이 오늘따라 유독 창백해 보였다. 마치 얼굴이 가면처럼 느껴질 정도로 말이다. 오늘따라 의심스러운 사람들 투성이라고 속으로 생각하는데, 그때 담임선생님의 목소리가 들렸다.

"오늘 기정이는 몸이 안 좋아서 학교에 못 나온다고 했어. 부반장이 기정이 대신 아이들 휴대폰 걷어서 교무실에 가져다 놔라."

짧게 얘기를 마친 이미라 선생님이 곧장 교실을 나갔다. 그걸 본 동우가 중얼거렸다.

"이상한데?"

"뭐가?"

옆자리에 앉은 민섭이의 물음에 동우는 아차 싶었다. 하지만 궁금해 죽겠다는 민섭이의 표정을 보고는 입을 안 열 수가 없었다.

"원래는 좀 길게 얘기했잖아. 지금은 책 얘기도 안 했고."

"요즘 제정신이 아닐 거야."

마치 뭔가 아는 듯이 얘기한 민섭이가 의미심장한 미소를 지었다. 그걸 본 동우는 참 이상한 일들이 많이 일어나는 날이라고 속으로 생각했다. 하지만 이건 시작에 불과했다. 점심시간에 잠깐 짬을 내서 사물함에 갔더니 가방 속에 넣어둔 렙터-22가 감쪽같이 사라져 버린 것이다. 교과서나 다른 것들은 그대로 있었는데 말이다.

"귀신이 곡할 노릇이네."

멍하게 서서 중얼거리는데 어느 틈엔가 민섭이가 불쑥 나타나 물었다.

"뭐 하고 있어?"

마치 감시하고 있다가 나타난 것 같은 모양새라 동우는 얼른 사물함 문을 닫았다.

"아냐. 아무것도. 어디 가?"

"잠깐 운동장에서 햇볕 좀 쬐려고. 같이 갈래?"

"괜찮아. 이따 교실에서 보자."

대충 둘러대고 딴 데로 가려는데 민섭이가 어깨를 잡았다.

"왜?"

동우의 물음에 민섭이가 주저하며 말했다.

"이따 수업 끝나고 뭐 하냐?"

예상치 못한 물음에 동우는 어물쩍 대답했다.

"그, 글쎄."

"그럼 나랑 잠깐 얘기 좀 하자."

"무슨 얘기?"

"할 얘기가 있어. 끝나고 보자."

민섭이는 대답을 듣기도 전에 휙 가 버렸다. 계단을 내려가는 민섭이의 뒷모습을 보면서 동우는 혹시 함정이 아닐까 하는 의심이 들었다.

"모든 게 너무 잘 맞아떨어지잖아. 내가 렙터-22를 가져오니까 마치 기다렸다는 듯이 말을 걸고, 지켜보고 있다고 신호까지 보내고 말이야."

거기다 결정적으로 사물함에 넣어 둔 렙터-22가 감쪽같이 사라져 버렸다. 사물함을 바라보던 동우는 주변을 살펴보다가 조심스럽게 복도 끝에 있는 휴지통을 향해 걸어갔다. 휴지를 버리는 척하면서 슬쩍 휴지통을 살펴봤다. 다행스럽게도 숨겨 둔 렙터-22가 그대로 있는 게 보였다. 안도의 한숨을 쉰 동우는 누군가 자기를 볼까 봐 얼른 돌아서면서 중얼거렸다.

"우리 학교에 괴물이 있는 게 분명해. 계획을 짜야겠어."

점심시간이 끝나고 수업 마지막 교시가 끝날 때까지 동우는 마음속으로 계획을 짰다. 치밀하고 정교하게 짜야 했기 때문에 몇 번이고 계획을 다시 세우고 머리로 시뮬레이션을 해 봤다. 그러는 사이, 말 많던 민섭이는 지켜보기만 했다. 하루에 한 번 보기도 힘든 교무주임은 두 번이나 복도에서 마주쳤고, 학교 보안관 아저씨 역시 오늘따라 유난히 눈에 띄었다. 자기를 지켜보고 있다는 느낌이 팍 들어서 동우는 속으로 바짝 졸았다. 조퇴를 하고 학교를 탈출할까 생각도 해 봤지만 곧 포기했다.

'집으로 쫓아오겠지.'

결국 학교에서 괴물들의 정체를 폭로하는 수밖에 없었다.

'일단 중요한 건 렙터-22를 다시 챙겨서 어떻게 숨기느냐는 거지.'

동우는 쉬는 시간에 렙터-22를 챙기려고 했지만 그때마다 민섭이가 따라오거나 교무주임과 마주치는 바람에 포기해야만 했다. 민섭이는 수업 끝나고 할 얘기가 있다며 자꾸 눈치를 줘서 타이밍을 잡기가 애매했다. 결국 머리를 짜내다가 그럴듯한 계획을 만들어 냈다.

'그러니까 종례를 하고 화장실을 급하게 가는 척하면서 휴대폰을 받아 달라고 하고 민섭이를 남겨 두는 거지. 그리고 화장실을 가는 척하면서 렙터-22를 챙겨 오는 거야. 여차하면 확 뿌려 버리는 거지.'

꽤 그럴듯한 생각인 것 같아서 동우는 흐뭇했다. 부반장이 교무실에서 가져온 휴대폰 상자를 교탁 위에 올려놓자마자 동우는 벌떡 일어났다. 그리고 민섭이를 바라봤다.

"나 화장실 좀 갔다 올 테니까 내 휴대폰 좀 받아 놔."

민섭이가 뭐라고 했지만 들은 척도 하지 않고, 후다닥 뒷문으로 나갔다. 그리고 복도 끝으로 가서 휴지통 뒤에 숨겨 놓은 렙터-22를 챙겼다. 하지만 캔이 기다래서 옷 속에 숨기기엔 애매했다. 동우는 결국 고민하다가 사물함에서 가방을 꺼냈다. 그리고 그 안에 렙터-22를 숨긴 후 교실로 돌아갔다. 뒷문을 열고 들어가자 때마침 이미라 선생님이 돌아와서 교탁 앞에 섰다. 동우가 얼른 자리에 가서 앉자 민섭이가 휴대폰을 건네줬다. 동우는 심상치 않은 표정을 짓고 있는 선생님을 힐끔 보고는 민섭이에게 물었다.

"무슨 일이야?"

"몰라. 나도."

괴물이 된 아이들

이미라 선생님이 무거운 표정으로 간단하게 종례를 끝냈다. 보통은 하루 동안 있었던 일들을 얘기하고 책이나 시에서 본 구절을 얘기해 줬는데, 오늘은 아침에 그랬던 것처럼 짧게 끝내 버렸다. 교무주임과 학교 보안관에 이어서 렙틸리언일지 모른다고 점찍은 담임선생님까지 이상한 모습을 보이자 동우는 고민에 빠졌다.

'누구한테 먼저 쓸까?'

가장 확실한 사람한테 써야지 안 그러면 바보 취급을 당할 수 있었다. 이런저런 고민을 하고 있는데 민섭이가 어깨를 툭 쳤다.

"동우야."

"왜?"

"할 얘기가 있는데."

"뭔데? 여기서 해."

"조용한 곳에서 해야 할 얘기야."

평소에 민섭이는 그런 것과 상관없이 얘기를 했다. 그런데 오늘은 지나치게 신중하고 조심스러운 듯한 모습을 보였다. 렙틸리언 용의자들에 민섭이도 추가하며 동우가 물었다.

"조용한 곳 어디?"

"상담실."

"거긴 아무도 없잖아."

동우의 물음에 민섭이가 일어나면서 대답했다.

"그러니까 조용히 얘기할 수 있지."

1층 음악실 옆에 있는 상담실은 말만 상담실이지 창고나 다름없었다. 학교 폭력이나 기타 문제가 있는 학생들이 찾아가서 상담을 하는 곳이었지만 거길 간다는 건 내가 문제가 있다는 걸 다른 아이들에게 대놓고 얘기하는 것이나 다름없었다. 그래서 문제가 있건 없건 아이들 모두 거길 가는 걸 꺼렸다. 덕분에 상담실은 잡동사니가 하나둘씩 쌓이면서 결국 비공식적인 창고가 되었다. 그래서 아이들도 잘 드나들지 않았다. 넓은 운동장이나 자주 가는 PC방도 아니고, 굳이 그런 곳에 가서 얘기를 하자는 게 뭔가 이상했다. 하지만 위기는 곧 기회라고, 오히려 그들의 정체를 확실히 밝힐 수 있을 것 같았다. 모여 있는 용의자들에게 한꺼번에 뿌리면 숨어 있는 렙틸리언들을 밝혀낼 수 있을 것 같았다.

'그래, 호랑이를 잡으려면 호랑이 굴에 들어가야지.'

속으로 굳은 결의를 다지는데 민섭이가 동우의 가방을 잡아끌며 어서 가자고 서둘렀다. 진짜 뭔가 숨기고 있다는 생각에 동우는 못 이기는 척 따라갔다. 민섭이는 마치 도망이라도 치는 것처럼 복도를 이리저리 살피더니 따라오라는 손

괴물이 된 아이들

짓을 했다. 렙터-22가 든 가방을 둘러멘 동우가 장난치는 척 물었다.

"뭐야? 도망이라도 치는 거야?"

"도망치긴, 누가 도망을 친다고 그래."

민섭이가 살짝 역정을 내는 것도 의심스러웠다. 원래대로라면 농담으로 받아치든지 아니면 웃고 넘어가든지 할 텐데 말이다. 거기다 민섭이는 넓은 중앙 계단이 아니라 복도 끝에 있는 계단으로 내려갔다. 그때도 주변을 이리저리 살피는 게 무슨 첩보 작전을 하는 것 같았다. 혹시나 자기랑 가는 걸 누군가에게 보여 주고 싶지 않아서인지도 모른다. 그런 민섭이의 모습을 보니까 상담실에 렙틸리언들이 대기하고 있다는 확신이 들었다.

'처음에는 회유와 협박을 하겠지만 그게 먹히지 않으면 정체를 드러내고……'

온갖 생각을 하는데 뒤에서 교무주임의 목소리가 들렸다.

"한동우! 어디 가나?"

동우가 계단을 내려가다가 멈칫하더니 뒤돌아섰다. 그러자 주머니에 손을 넣은 교무주임의 내려다보는 시선과 마주쳤다. 동우는 앞서가던 민섭이를 찾았지만 어디에 숨었는지 보이지 않았다.

"지, 집에 갑니다."

"근데 왜 여기로 내려가? 중앙 계단 놔두고."

예상치 못한 질문에 동우가 잠시 버벅거리다가 생각나는 대로 말했다.

"후, 후문 쪽으로 나가려고요. 거기에 있는 분식집에서 떡볶이 먹고 집에 가려고 하, 합니다."

금방 생각해 낸 대답이었지만 그럴듯했는지 교무주임은 더 이상 추궁하지 않았다. 대신 아까랑 비슷한 얘기를 했다.

"지켜보고 있다. 항상."

"네, 고맙습니다. 선생님."

뭐가 고마운지는 모르겠지만 일단 고맙다고 했다. 그러자 교무주임은 더 이상 말하지 않고 입을 다물었다. 그 자리에 서 있는 교무주임을 힐끔거리며 아래층으로 내려오자 기다리고 있던 민섭이가 다짜고짜 물었다.

"교무주임이 뭐라고 했어?"

"그냥 지켜보고 있다고 그랬어."

"지켜본다고?"

민섭이의 반문에 동우는 고개를 끄덕거렸다. 그러고 보니 민섭이는 교무주임이 나타나자 먼저 내려온 듯했다. 들키는 걸 피하려고 그런 것 같았다. 잠깐 생각에 빠져 있던 민섭이가 발걸음을 옮겼다. 민섭이는 복도를 쏜살같이 지나가다가 음악실 옆에 있는 상담실 앞에 멈춰 서더니 동우를 바라봤다. 마치 감시하는 것 같은 민섭이의 눈빛에 동우는 괜히 위축이 되었다. 상담실의 문을 연 민섭이가 동우를 바라봤다.

"어서 와."

그 말이 소름끼치게 느껴진 동우는 고개를 끄덕거리며 가방의 지퍼를 살짝 열었다. 여차하면 가방 안에 있는 렙터-22를 꺼내서 바로 쏠 생각이었다. 민섭이를 따라 상담실로 들어선 동우는 주변을 살폈다. 창가 쪽 벽에는 종이 박스들이 줄지어 쌓여 있었고, 그 옆으로는 비닐과 뽁뽁이가 보였다. 문을 기준으로 오른쪽 벽에는 상담사가 사용했던 것 같은 책상이 있었고, 맞은편에는 상담을 받는 사람이 사용하는 의자가 보였다. 그 뒤로는 접이식 침대와 주변을 가릴 수 있는 커튼이 있었다. 벽에는 상담 방식과 시간을 알리는 표, 각종 구호가 적힌 포스터들이 보였다. 다행히 파충류 얼굴을 한 렙틸리언들은 보이지 않았다. '하긴, 처음부터 다짜고짜 정체를 드러내지는 않겠지'라고 생각하면서 동우는 상담실 안으로 더 들어갔다. 그러자 민섭이가 문을 닫고는 동우 앞을 막아섰다. 동우는 접이식 침대 위에 가방을 슬쩍 올려놓고 그 옆에 앉으며 물었다.

"무슨 일인데?"

"잠깐만 기다려 봐."

짧게 대답한 민섭이가 문을 살짝 열고 바깥을 살폈다. 동우는 그 틈에 가방에서 렙터-22를 꺼내서 몸 뒤에 숨겼다. 그리고 손은 계속 뒤로한 채, 여전히 바깥을 살피고 있는 민섭이를 바라보며 물었다.

"누가 오기로 했어?"

"어, 너한테 꼭 할 얘기가 있다고 해서."

"누군데 여기서 만나는 건데?"

동우의 물음에 민섭이가 문을 등진 채 웃으며 말했다.

"보면 알아."

다시 불편하고 긴 침묵이 이어졌다. 평소 입을 잘 터는 민섭이답지 않게 조용해서, 분위기는 더없이 어색하고 무거워졌다. 등 뒤에 숨긴 렙터-22를 한 손으로 움켜잡은 동우가 민섭이를 바라봤다. 잠시 후 노크 소리가 났다. 그러자 민섭이가 슬쩍 문틈으로 누군지 확인하더니 문을 열었다. 상담실에 들어온 건 담임인 이미라 선생님이었다.

"선생님?"

이미라 선생님이 들어오자 민섭이가 문을 닫고는 그 앞에 섰다. 마치 문을 막는 것처럼 보여서 동우는 잠시 그쪽을 바라봤다. 그사이 상담사가 쓰던 의자에 앉은 이미라 선생님이 동우를 바라봤다. 선생님의 시선을 느낀 동우가 물었다.

"무슨 일이에요, 선생님?"

동우의 물음에 창백한 표정의 이미라 선생님이 입을 열었다.

"동우야."

"네."

"학교에 말이야."

머뭇거리던 이미라 선생님이 착 가라앉은 목소리로 덧붙였다.

"괴물이 있어."

괴물이라는 말에 동우는 저도 모르게 걸터앉은 침대에서 벌떡 일어났다. 렙틸리언이 존재하고 있다는 걸 알고 있거나 혹은 비밀을 털어 놓은 것이라고 생각했기 때문이다. 그 바람에 뒤에 숨겨 놨던 렙터-22가 바닥으로 떨어졌다. 그런데 하필이면 문가에 서 있던 민섭이에게 데굴데굴 굴러갔다. 민섭이는 자신에게 굴러온 렙터-22를 집었다. 속으로 아차 싶었던 동우는 최대한 딴청을 피웠다.

"괴물이 있다니요? 무슨 괴물이요?"

동우의 반문에 이미라 선생님은 말없이 민섭이를 바라봤

다. 렙터-22를 만지작거리던 민섭이가 고개를 들었다.

"너도 알고 있잖아."

"무슨 소리야? 우리 학교에 괴물이 어디 있는데?"

목소리를 높이며 말했지만 사실 속으로는 바짝 겁이 난 동우가 둘을 번갈아 바라봤다. 갑자기 얼굴 가면을 뜯고 렙틸리언의 본모습을 보일지 몰랐기 때문이다. 다행히 둘은 말없이 동우를 바라볼 뿐이었다. 이럴 때 렙터-22를 가지고 있었다면 든든했을 텐데, 동우는 빈손이라서 너무너무 무서웠다.

이미라 선생님이 말했다.

"부탁할 게 있어서 불렀어."

"뭔데요?"

"너, 강기정이 담배 피운 거 봤지?"

"반장이요? 봤죠. 그런데 같이 피운 예준이만 처벌받았잖아요."

동우가 목소리를 높이자 이미라 선생님이 한숨을 쉬었다.

"그건 예준이도 그렇고 다들 기정이가 담배 피운 걸 못 봤다고 해서 그랬던 거야. 특히 교무주임 선생님이 증거도 없으면 처벌할 수 없다고 해서 말이야."

이미라 선생님의 얘기를 듣는 순간 동우는 속으로 왜 교무주임이 자기 앞에서 얼쩡거렸는지 알 것 같았다. 눈살을 찌푸린 동우에게 민섭이가 말했다.

"기정이가 이런 식으로 빠져나가는 게 한두 번이 아니라서 말이야. 이번에는 어떻게든 처벌을 하고 싶다고 하셨어, 선생님이."

"정말?"

동우는 놀란 눈으로 이미라 선생님을 바라봤다. 너무 착해서 소리 한 번 제대로 지르지 못하던 선생님이 어떻게 그런 결심을 했는지 궁금했다. 동우의 시선을 느낀 이미라 선생님이 말했다.

"학교가 아무리 엉망이라고 해도 괴물을 그냥 놔둘 수는 없잖아. 그래서 교육청에 직접 얘기해 보려고 하는데 증거나 증언이 있어야 해."

얘기를 들은 동우는 비로소 오늘 벌어졌던 이상한 일들이 이해가 갔다. 오늘 동우에게 압박을 준 학교 보안관 아저씨도 기정이 아버지와 엄청 가까운 사이였기 때문이다. 속으로 렙틸리언들이 아닐까 의심했던 게 쑥스러웠다. 이미라 선생님이 동우에게 말했다.

"이제 학교에서 괴물을 몰아내려고 해. 네가 좀 도와줬으면 좋겠어."

이미라 선생님의 얘기를 들은 동우는 고민에 빠졌다. 반장에다가 잘나가는 기정이랑 사이가 틀어지면 어떤 일이 벌어질지 몰랐기 때문이다. 그때 민섭이가 말했다.

"내가 지켜 줄게. 나만 믿어."

민섭이의 얘기를 들은 동우는 마음을 굳혔다. 렙틸리언은 아니라고 해도 어쨌든 학교에 괴물을 놔둘 수는 없다고 생각한 것이다.

"제가 증언할 수는 있지만 더 확실한 증거를 찾는 게 좋겠어요."

"어떻게?"

"기정이는 매일 수업이 끝나면 야자 하기 전에 후문 창고 근처에서 자기 패거리랑 담배를 피워요."

"정말?"

"네. 신관 4층 화장실 창문으로 보면 바로 보여요. 휴대폰으로 그걸 찍어 놓는 게 도움이 되지 않을까요?"

"물론 도움이 되지. 내일 등교한다고 했어."

"제가 민섭이랑 한번 찍어 볼게요."

"그래, 고맙다. 동우야."

이미라 선생님의 말에 동우는 가방을 둘러멨다.

"그럼 내일 봐요, 선생님."

"고마워. 민섭이는 나랑 잠깐 얘기를 해야 해서."

"알겠습니다."

문을 열어 주면서 옆으로 물러난 민섭이가 렙터-22를 건네며 물었다.

"근데 이건 뭐냐?"

"새로 나온 살충제야. 괴물, 아니 벌레 잡는."

"아까 보안관 아저씨가 네 가방 뒤져서 이거 두 개 가져가는 거 봤어. 나중에 돌려받아라."

"내 사물함은 왜 뒤진 건데?"

"기정이 때문이겠지. 네가 입 열면 걔는 망하는 거잖아."

"하여튼, 괴물들 천지네."

고개를 절레절레 흔든 동우는 렙터-22를 챙겨서 밖으로 나갔다. 그러면서 중얼거렸다.

"공포 탐정 유튜브도 이제 그만 봐야겠네."

하마터면 엉뚱한 사람한테 렙터-22를 뿌릴 뻔했다는 생각에 동우는 쓴웃음이 나왔다. 현관으로 나가려던 동우는 가지고 있던 렙터-22를 휴지통에 버렸다.

이미라 선생님과 민섭이는 교문을 나서는 동우의 모습을 창문으로 바라봤다. 멀어져 가는 동우의 뒷모습을 보던 이미라 선생님이 민섭에게 말했다.

"우릴 도와줄까?"

"그럼요. 걱정 마세요."

"그나저나 아까 그거 공포 탐정이 유튜브에서 팔던 거 아냐?"

"맞아요. 음모론에 가짜 영상 만들어서 잘리는 바람에 당분간은 못 볼 겁니다."

"잘됐네. 자칫하다가는 우리 정체도 까발려질 수 있잖아."

이미라 선생님의 말에 민섭이가 히죽 웃었다.

"걔 말을 누가 믿는다고요?"

"동우도 그 얘기 믿고 렙터-22 산 거잖아. 조심하고 또 조심해야 해. 알았어?"

"물론이죠. 걱정 마세요."

민섭이가 자신만만하게 말하자 이미라 선생님이 민섭이에게 꿀밤을 먹였다.

"걱정 말라며? 귀를 그렇게 내놓으면 어떡해?"

민섭이가 머리카락 사이로 삐져나온 뾰족한 귀를 만지작거리며 어설프게 웃었다.

"아, 이게 언제 나왔지?"

"명심해. 우리가 엘프라는 건 반드시 숨겨야 한다고."

이미라 엘프의 말에 민섭 엘프는 웃으며 대답했다.

"그렇고말고요. 조심할게요."

괴물이 된 아이들

강의를 위해 학교를 방문하다 보면 종종 놀랄 때가 있습니다. 아이들의 덩치가 우리 세대보다 엄청나게 커졌다는 것과 다양한 루트를 통해 많은 정보를 받아 보고 있다는 점입니다. 그 때문인지 종종 정보 자체에 매몰되거나 혹은 가치 편향적인 모습을 보이기도 합니다.

특히 유튜브를 통해 검증되지 않은 과격한 내용을 마치 숨겨진 진실인 것처럼 포장해서 주장하는 경우가 많습니다. 방송국의 경우 오보를 내면 자체 징계를 받거나 혹은 방송 심의위원회로부터 제재를 받게 됩니다. 하지만 인터넷이나 유튜브의 경우에는 그런 제한 장치가 없습니다. 오히려 과격한 주장을 해서 조회 수가 올라가면 더 많은 수익을 얻을 수 있는 구조라고 할 수 있겠습니다. 그런 주장에 빠져들면 글자 그대로 괴물이 됩니다. 그리고 안타깝게도 학교에 가면 그런 괴물들을 종종 만나게 됩니다. 그걸 방치한 저 같은 어른들은 정말 가슴 깊이 반성해야 합니다.

제가 쓴 작품은 그런 상황을 빗대어서 쓴 것입니다. 정보의 홍수 속에서 진짜와 가짜를 구분할 수 있어야만 우리 주변의 괴물을 쫓아낼 수 있기 때문이니까요.

주원규

서울에서 태어났다. 2009년부터 소설을 쓰기 시작했고, 아이들에게 글쓰기를 가르치고 있다. 대표작으로는 제14회 한겨레문학상 수상작 《열외인종 잔혹사》를 비롯해 《메이드 인 강남》, 《크리스마스 캐럴》 등과 청소년소설 《주유천하 탐정기》, 《아지트》 등이 있다. tvN 〈아르곤〉, OCN 〈모두의 거짓말〉, SBS 〈어게인 마이 라이프〉 등 드라마 대본의 원안 개발과 집필에 참여했다.

1

서울, 그중에서도 사람의 밀집도가 상상 초월인 곳, 하루 유동 인구가 가장 많은 곳인 신도림역 인근에는 속칭 빌라촌이 있다. 아파트에 입주하기는 어렵고, 하루 벌어 하루 먹고 사는 일용직 노동자와 대학 졸업 후 바로 서울에 직장을 잡아 급하게 올라온 사회 초년생, 가족이 기다리고 있을 고국에 보낼 돈을 벌기 위해 시간 외 노동을 마다하지 않는 외국인 노동자들이 모여 있는 곳을 빌라촌이라 부르지만, 거기엔 앞서 말한 이들만 있는 게 아니다. 집이나 학교에서 수단 방법 가리지 않고 밀어낸, 또는 밀려난 미성년 10대 남녀가 삼삼오오 짝을 지어 모여든 곳이 신도림 빌라촌의 대표적 특징이었다.

빌라의 주인들이 모르는 게 아니다. 한눈에 봐도 초등학교를 갓 졸업한 것으로 보이는 친구들이 세입자라는 사실을. 혼숙의 위험을 무릅쓰고 최소 다섯 명 이상의 남녀가 함께 모여서 지낼 거라는 것도 주인들은 알고 있었을 것이다. 하지만 건물주들은 가장 잘 임대되지 않는 골칫거리 방을 그들에게 빌려주고도 주민등록증이나 학생증을 보자는 말은 한마디도 하지 않았다. 부모님이 이렇게 다 같이 지내는 걸 알고 있냐는 말도 하지 않았다. 가출 청소년들은 주인이 신경 쓰지 않는다는, 비교적 월세가 저렴하다는 입소문 하나만으로 신도림에 모여들었고, 그렇게 꽤 큰 규모의 지하 가출촌이 형성됐다.

지하 빌라촌 중에서도 햇빛 한 줄기 들어오지 않는 빌라촌이 있다. 1년 365일 전등을 켜지 않으면 아예 암흑천지인 곳이다. 지하 2층에 다닥다닥 붙어 있는, 보증금 50에 월세 25만 원의 지하방. 어느 겨울날, 그곳에서 폭행 사건이 한 건 접수되었다. 접수가 들어오면 1차로 근처 파출소 소속 경찰이 먼저 출동한 뒤 상황을 파악한다. 이후 기소 관련 조사를 지역 담당 경찰서로 보고하는데, 보고를 받은 담당 경찰은 이제 막 서른 살이 된 경찰 경력 7년 차 조은유 경사였다.

　조은유 경사에게 할당된 지역 범위는 영등포와 신도림 일
대의 여성과 청소년 관련 사건이었다. 영등포 지역만 합쳐도
거주 인구, 유동 인구가 상상을 초월하는 수준이며, 사건 접
수 역시 하루에도 백여 건이 넘는다. 긴급 위험을 알리는 문
자 메시지도 상당하다. 수십 건이 넘는 가정 폭력, 학교 밖
아이들의 절도, 미성년 성매매 관련 신고는 조은유가 소속된
여성청소년계에서 접수하는 사건 범위였다. 조은유는 이번
에 일어난 폭행 사건도 그동안 눈에 밟히도록 자주 봐 왔던
10대끼리의 폭행 혹은 가정 폭력 사건으로 인지했다. 물론
다른 사건과 그 유형이 비슷해 보이고 사건 처리 과정도 특
이할 게 없었지만 유독 한 가지 부분, 피해자가 입은 폭행이
아주 끔찍했다는 데 조은유의 시선이 오래 머물렀다.

　폭행이든 사기, 성매매이든 피해를 입은 당사자에겐 매 순
간이 고통이다. 고통에 빠진 그 순간과 이후의 모든 순간이
피해자에게는 지옥이다. 지옥의 시간을 감당해야만 하는 피
해자를 보고 그 사건을 조사하면서 사건 담당자인 조은유는
때로 심각할 정도로 정신적 충격을 받곤 했다. 이번 사건이
특히 그랬다. 지하 2층, 빛 한 점 스며들 희망조차 없이 완벽
하게 차단된 지하에서 한 사람이 일방적으로 구타를 당했다.

그 순간이 얼마나 끔찍했을까. 조은유는 피해자의 시선으로 사건을 바라보면서 이번에도 예외 없이 진지하게 사건에 임하자고 생각했다. 그래서인지 피해자의 인적사항을 파악하고 입력할 때는 여느 때와 달리 더 신중한 모습을 보였다.

피해자

이름: 권의진
나이: 25세
직업: 신도림역 지하철 역사에 있는 모 핸드폰 대리점 대표

조은유가 이미 알고 있던 사람이었다. 선한 일을 꾸준히 하면서도 미소를 잃지 않는 대표적인 자수성가형 젊은 자영업자 권의진. 지상파 방송에도 출연했던 권의진은, 유튜브에서는 막강 인플루언서였다. 구독자 수 55만이라는 수치가 그 증거다. 골드 버튼을 받을 만큼 유명한 건 아니었지만, 권의진은 유튜브 구독자라면 웬만해서는 다 아는 스타다.

조은유가 권의진을 기억하는 이유는 두 가지다. 이제 막 서른이 된 조은유는 고된 하루를 마감하는 퇴근길이나 잠들기 전에 유튜브를 시청했는데, 늘 사건 사고에 시달리다 보

니 반대로 훈훈한 이야기, 가슴 따뜻해지는 이야기를 검색했다. 그러다 보니 그 '훈훈한' 알고리즘 때문에 검색된 채널이 바로 〈권의진 푸른 청년〉이었다. 이 채널의 콘텐츠는 훈훈함 그 자체였다. 핸드폰 바가지 안 쓰는 법, 좋은 핸드폰 고르는 법 같은 콘텐츠를 비롯해 직업과 관련된 내용도 있었지만, 대부분의 콘텐츠는 선행과 관련된 것이었다. 노숙자들을 위해 봉사하기, 늦은 밤 지하철 플랫폼 근처에 있는 취객을 집으로 안내해 주기, 고아원에 기부하기 등 권의진은 주로 찐 선행 위주의 콘텐츠로 영상을 만들었다.

조은유는 이 채널의 초기 때부터 지켜봐 온 열혈 구독자였는데, 특히 조은유의 마음을 사로잡았던 건 가출 청소년들에게 개인적으로 쉼터를 제공해 주는 취지가 담긴 '헌신' 시리즈였다. 헌신 시리즈 카테고리로 이어진 권의진의 가출 청소년 돌보기는 주로 그의 사업장이 있는 신도림역 근처에서 이뤄졌다. 일을 마치고 대리점 문을 닫는 저녁 9시만 되면 권의진은 신도림역 뒤편을 돌아다니며 핸드폰 카메라를 켰다. 그리고 거리를 배회하는 가출 청소년을 발견하면 편의점으로 데려가서 먹을 것도 사 주고 고민도 들어 주면서 그 모습을 실시간으로 방송했다.

이렇듯 처음엔 가출 청소년들에게 밥을 사 주고 고민을 들

어 주는 작은 활동에서 시작했던 일은 시간이 지날수록 점점
더 구체적으로 변했고, 마침내 가출팸 쉼터를 마련하는 일까
지 하게 된 것이다.

2

권의진이 신도림역 지하 월세방에 가출팸 쉼터를 마련한다
고 했을 때, 조은유는 솔직히 조금 걱정했다. 쉼터라 하면 시
나 교육청으로부터 인가를 받거나 재정지원을 받으며 최소
한의 안전망을 구축한 상태에서 진행해야 하는 게 원칙이니
까. 그런 점이 염려되어 조은유는 가출팸 관련 콘텐츠가 업
로드될 때마다 댓글을 통해 권의진에게 우려를 표시하곤 했
다. 권의진도 조은유의 댓글에 대댓글을 달며 자신도 우려된
다고 했다. 그러면서 법보다 주먹이 더 가까운 게 이쪽 가출
청소년의 세계이기에, 제도권 쉼터에선 가출 청소년을 정서
적으로 감금할 뿐이라는 울분을 토했다.

그 말을 듣고 현직 경찰인 조은유는 걱정하면서도, 권의진
의 말에 타당한 이유가 있다고 생각했다. 가출 청소년이 쉼
터를 찾는 경우는 어쩌다 한 번, 고작해야 하루 이틀에 불과
했다. 그 시간이 지나면 청소년들은 다시 거리를 방황했다.
'멀쩡한 쉼터가 있는데, 왜?'라고 생각하겠지만, 어찌 보면

당연한 일이다. 쉼터의 목적은 아이들을 학교와 집으로 돌려보내는 것인데, 정작 아이들이 방황하는 이유의 대부분은 집과 학교에서 겪은 폭력과 무관심이기 때문이다.

권의진은 가출 청소년이 거리로 나올 수밖에 없는 이유를 잘 알고 있었다. 그래서 신도림역에 모여 있는 가출 청소년들을 위해 '권의진 가출팸 쉼터'를 만들고 그곳에서 최소한 아이들이 더 나빠지지 않도록 돌봐 왔던 것이다. 이런 사정을 알고 있기에 조은유는 늘 우려와 격려의 시선으로 지켜보는 구독자였다.

'그렇게 아이들을 생각했는데, 결과가 이렇다니.'

종합병원 중환자실을 찾은 조은유의 표정은 황당함과 비참함이 가득했다. 그 표정을 공유하는 사람이 한 명 더 있었다. 누군지 알아보기 힘들 정도로 얼굴 형체가 짓뭉개진 스물다섯 청년 권의진의 곁을 지키고 있는 젊은 엄마. 권의진의 인적사항을 조사하면서 새롭게 알게 된 사실은, 권의진에게 이제 막 마흔두 살이 된 엄마, 박은혜가 있다는 거였다. 권의진이 가출 청소년들을 돌보는 이유를 밝힐 때 언뜻 불우한 가정사를 이야기한 적이 있었다. 어렸을 때부터 학교도 잘 못 가고 친구도 제대로 사귈 수 없어서 자신이 거리를 떠돌 수밖에 없었다고. 그런 고백을 하는 중에 부모에 관한 이야기는 많지 않았다.

조은유는 의식불명에 빠진 권의진 앞에서 하염없이 눈물
짓는 박은혜를 보며 복잡한 감정에 사로잡혔다. 〈권의진 푸
른 청년〉의 열혈 구독자이자 7년 차 형사의 감각으로는, 권
의진은 엄마 내지는 자신의 가족에 대해선 어떤 이야기도 하
고 싶어 하지 않아 보였다. 간혹 동영상에서 부모에 관한 이
야기를 꺼낼 때 조은유는 짐작할 수 있었다. 권의진에게 부
모는 자신을 거리로 내몬 정서적 가해자란 사실을. 그런데
막상 젊은 엄마 박은혜를 보자 조은유는 솔직히 혼란스러웠
다. 세상 어떤 보호자가 저렇게 서럽게 울 수 있을까 싶을 정
도로 박은혜는 진심으로 아파하고 있었기 때문이다. 그 모습
에 조은유는 아빠 없이 아들을 키운 한부모가정이라는 게 더
실감이 나서 안타까웠다. 그녀가 권의진의 엄마라고 소개하
자 조은유는 지나칠 정도로 동안인 박은혜의 외모에 저도 모
르게 질문을 했다.

"나이가 어떻게 되세요?"

"스물넷? 아니, 스물다섯인가. 그럴 거예요. 아직 펼쳐 볼
게 많은 나이인데."

"아니, 아드님 말고 어머님 나이요."

"저요? 저, 마흔 조금 넘었어요. 마흔둘."

"의진 씨 나이가 스물다섯인데…… 그럼?"

"의진이를 일찍 낳았거든요."

"네. 그렇군요."

"그런데 그게 잘못된 건 아니잖아요."

조은유는 자신이 이 타이밍에 괜한 질문을 했다는 생각이 들었다. 잘못된 게 아니라는 말이 더 안타깝고 가슴 아프게 들렸다. 맞다. 열일곱 즈음에 아이를 낳아 키웠다는 게 잘못된 건 아니니까. 조은유는 단지 권의진이 부모에 관해 거리 두기를 했다는 짐작만으로 너무 쉽게 박은혜의 눈물을 의심했다는 게 조금 부끄러웠다.

중환자실에 누워 있는 권의진은 너무 심하게 폭행을 당한 탓에 호흡기가 아니면 숨 쉬기도 어려울 정도였다. 권의진은 온몸이 피투성이인 채로 119 구급차에 이송되어 응급실로 들어왔다. 그를 치료한 의사는 권의진이 현재 뇌사 상태에 가까운 혼수상태라고 말했다. 다시 깨어날지, 어떻게 될지는 아무것도 장담하지 못하는 상태. 흔히 접수되는 폭행 사건의 수위를 훨씬 넘어선 일이었다. 한 젊은 청년의 인생이 이대로 꺾일 수도 있는 상황이었다.

조은유는 분노가 치솟았다. 도대체 스물다섯의 자수성가한 핸드폰 대리점 사장한테 이토록 가혹하게 폭행을 한 이유가 뭐란 말인가. 더욱이 사건의 정황은 더 황당하고 충분히 배신감을 느낄 법하다. 권의진을 폭행한 것은 다름 아닌 아이들이었다. 그것도 그가 직접 월세도 내 주고 밥도 사 주며 헌신의 마음으로 돌본 아이들. 가출한 남녀 아이들 다섯이 지하 2층 빛 한 줄기 들어오지 않는 방 안에서 자신들을 돌봐 준 권의진을 두들겨 팼다. 그리고 아무 대책도 없이 도주했다. 사건 접수 당시 119에 신고한 이는 다른 누구도 아닌 정신을 잃기 직전의 권의진 자신이었다.

조은유는 듣고 싶었다. 그리고 알고 싶었다. 대체 무슨 이유로 자신들을 돌봐 준 사람한테 이렇게까지 해야 했는지. 도주했다는 가해자들을 붙잡아서 꼭 이야기를 들어야겠다고 결심했다. 그리고 그 결심은 오래 지나지 않아 열매를 맺었다. 권의진 폭행 사건이 벌어진 지 다섯째 되던 날, 기동수사대와 함께 인근 CCTV, 주변 상인의 목격담을 바탕으로 탐문에 들어간 조은유는 신도림 빌라촌 지하 2층에서 10대의 남자 두 명과 여자 세 명을 검거했다. 그런데 어이없는 건 그 다섯 명 모두 권의진을 폭행한 뒤에 멀리 도망가지 않고 신도림역 주변을 배회했다는 사실이었다.

3

조은유가 말했다.

"한국엔 CCTV가 진짜 많아. 그냥 무늬로 둔 것 같지? 아니야. 골목골목 배치해서 도망가도 다 잡히게 되어 있어. 서울은 특히 더 그래."

조은유 앞에 문제의 다섯 명이 나란히 마주 앉았다. 약속이라도 한 것처럼 왼쪽에는 남자 둘, 오른쪽에는 여자 셋이 있었다. 조은유는 CCTV에 대해 설명하면서도 시선을 내내 다섯 아이에게서 떼지 않았다. 아니, 뗄 수 없었다고 말하는 게 더 정확할 것이다. 잔뜩 겁에 질린 표정으로 시선을 어디에 둬야 할지 모르는 모습을 보면 다섯 명 모두 그저 평범한 아이로 보였다. 차림새는 불량하다기보다는 불쌍하게 느껴질 정도로 남루했다. 세탁을 한 번이라도 한 적은 있는지 의문이 들 정도로 지저분한 후드티에 찢어진 청바지를 입고 있었고, 마치 약속이나 한 듯 똑같이 실밥 터진 스니커즈를 신고 있었다.

맨 왼쪽에 앉은 남자애 한 명만이 조은유를 비교적 정확하게 응시했다. 코에 피어싱을 한 모습이 조은유로선 다소 생소한 느낌의 친구였다. 조은유의 시선은 자연스럽게 맨 왼쪽 남자아이에게 집중되었다. 증오인 건지, 용서를 구하는 건지

도무지 알 수 없는 눈빛과 체격, 스타일 등을 봤을 때 그 남자아이가 다섯 명의 리더로 보였다.

인상착의로 아이들을 특정하는 건 어렵지 않았다. 다섯 명 모두 CCTV에 찍혔던 복장 그대로 입고 있었기 때문이다. 자신들에게 보금자리를 마련해 준 권의진을 죽도록 두들겨 패고 도망친 다섯은, 그 후로 지하방이나 집, 그 어디에도 가지 못하고 일주일 내내 신도림역 근처만 방황했다.

아이들한테 설교를 늘어놓을 생각은 없었지만, 조은유는 너무 답답해서 알려 주고 싶었다.

"이것 봐, 얘들아. 내가 핵심을 말해 줄까?"

핵심이란 단어를 듣자 다섯 명 모두 조은유를 바라봤다.

"너희가 보호자였던 권의진 씨를 편의점에서 만난 다음 쉼터로 같이 들어가는 것까지 모두 찍혔다고."

"그래서요?"

가장 대담하고 그래서 더 독해 보이는 남자아이가 되묻자, 조은유가 기다렸다는 듯이 답했다. 김성철이란 남자아이의 실명을 또박또박 심판하듯 각인시키며.

"그래서라니? 뭐가 그래서야. 김성철, 너희한테 먹을 것도 주고 잠자리도 제공해 준 형을 끌고 가서 정신을 잃을 정도로 폭행한 정황이 CCTV에 모두 담겼다고. 아직도 모르겠어? 너희, 정말 모른 척하는 거야, 아님 모르고 싶은 거야?"

조은유가 흥분했다. 드라마나 영화를 보면 꽤 냉정한 척하는 프로파일러 스타일의 형사가 종종 등장한다. 조은유 역시 냉정하려고 노력하는 편이었지만, 지금 같은 피의자를 만나면 흥분하지 않을 수 없었다. 그들의 모습이나 대응 방식은 약속이라도 한 것처럼 천편일률적이었다. 뻔뻔하게 아무런 감정의 동요도 하지 않거나 반성한다는 말 한마디도 못 하고 안절부절못하며 불안해했다. 잠시 흥분을 가라앉힌 조은유가 상황을 정리하듯 말했다.

"정리해 보자. 김성철 이하 4인의 10대 가출 청소년들, 지금 너희들이 일주일 전 1월 12일 밤 11시에 너희들을 헌신적으로 대해 준 권의진을 집중 폭행했고, 도주했고, 그러다 잡혔어. 지금 권의진은 중환자실에 누워 있고. 이 사실을 인정하니?"

조은유가 이번엔 김성철을 제외한 다른 네 명을 바라봤다. 여자아이들은 많아야 중학생 정도로밖에 안 보였다. 김성철 말고 또 다른 남자아이는 더 어려 보였다. 얼굴만으로는 나이를 짐작하기 어려웠다. 조은유의 시선이 맨 오른쪽에 앉아 있는 여자아이에게서 멈췄다. 노란색으로 염색한, 여자 셋 중에서도 가장 어린 아이의 이름은 김다미, 나이 열여섯이었다.

4

잠시 쉬는 시간을 가졌다. 조은유의 선배 형사들은 뜸 들일 게 뭐가 있냐며, 빨리 조서 쓰고 넘기라는 말을 습관처럼 쏟아 냈다. 어떻게 알고 찾아왔는지 선한 영향력을 지닌 55만 유튜버의 중태 소식에 사회부와 연예부 기자 몇몇, 자칭 언론인이라 자신을 소개한 유튜버들이 경찰서 사무실 앞을 서성거렸다.

솔직히 지금까지의 정황을 조합해 보면 기삿거리가 될 만했다. 다섯 아이의 전력만으로도 뉴스에 소개될 법했다. 아이들은 중고등학교 연령대인 열넷에서 열아홉까지 다양했는데, 모두 학교를 중퇴했고 재학 당시에는 관심 학생으로 지목되기도 했다는 사실이 기록으로 남아 있었다. 그 후 아이들은 정부나 지자체, 교육청에서 운영하는 쉼터를 전전했지만 그마저도 제대로 적응하지 못하고 뛰쳐나왔다. 얼핏 스케치하듯 기록된 가정환경 조사서만 봤는데도 아이들이 가정으로 복귀하는 건 어려워 보였다. 조은유는 헛웃음이 나왔다. 엄밀히 말해 이 다섯은 가출이 아니라 길 위에 설 수밖에 없었던 것이다. 아이들의 신변 기록에 있는 몇 문장만 봐도 알 수 있었다. 그럼에도 불구하고 이 사건이 언론에 노출되면 아이들의 가정환경에 대해선 제대로 언급되지 않을 것이다. 각종 뉴스든 유튜브든 선정적일 게 분명했다. 다섯 악마가 열혈 청년의 선의를 잔인한 위선으로 배신했다는 식으로 영상과 뉴스에 소개될 테니까. 그 점이 조은유는 못내 씁쓸했다.

겉으로 보이는 상황만 보면 형사인 조은유도 그렇게 사건을 마무리하면 될 듯했다. 하지만 망설임까지는 아니어도 조은유에겐 한 가지 의문이 남아 있었다. 한 가지, 그 한 가지만은 확인해 봐야 한다는 의무감이 밀려들었다. 분명 누가 시키거나 강요한 건 아니지만, 그렇게 하지 않으면 이 아이들의 마음을 도사린 악마의 실체를 알지 못할 거란 생각 때문에 더더욱 그 의문을 풀고 싶었다.

'어떻게 하면 너희들을 헌신적으로 도와준 사람에게 이럴 수 있지? 대체 어떤 마음이면 이럴 수 있냐고.'

그 질문엔 의심할 구석이 없었다. 그런데 한 가지 석연치 않은 기억이 퍼뜩 떠올랐다. 맨 오른쪽에 앉아 있던, 노란색 염색 머리에 유난히 또렷한 눈빛과 턱선이 인상적이던 김다미가 권의진의 유튜브 영상에 등장했던 기억. 단지 영상에 등장했다는 이유로 조은유의 마음이 흔들린 건 아니었다. 그 영상을 보면서 마음 한구석이 불편했기 때문이다. 조은유는 권의진의 영상을 다시 살펴봤다. 그리고 그 이유를 문득 한 장면에서 찾아냈다.

〈권의진 푸른 청년〉 채널에는 가출팸 아이들을 담은 '헌신' 시리즈가 있었는데, 이 영상에서는 신분 보호 차원에서 아이들 얼굴이 모자이크로 처리되어 있었다. 그랬기에 이 시리즈 영상에서 김다미를 본 건 아니었다. 조은유가 김다미를 발견한 건 권의진 유튜브의 인기 카테고리인 '참교육' 시리즈 영상에서였다. 밤늦은 시각 괴한들로부터 납치당할 뻔한 여학생 구해 주기, 강제로 술집에 끌려갈 뻔한 여고생 구원하기, 전화금융사기를 당할 뻔한 여대생 구해 주기 등의 영상. 처음에는 이 시리즈의 영상에 나오는 여자아이가 김다미라는 걸 눈치채지 못했다. 여자의 모습이 실루엣으로 처리되거나 모자와 선글라스, 머리색과 옷이 계속 바뀌며 등장했기 때문이다. 하지만 영상을 자세히 보면서 조은유의 눈에 확실히 각인되었다. '참교육' 영상에 매번 등장하는 피해자나 주변인 중 하나가 김다미라는 것이.

조은유가 권의진의 유튜브 영상을 확인하는 동안 다른 형사들은 다섯 아이들의 개별 조사에 들어갔다. 조서를 작성하는 단계에서 당연히 가져야 할 순서였다. 조은유의 제안에

괴물이 된 아이들

다른 선배 형사들은 일제히 투덜거렸다. 개별로 조사하든 단체로 조사하든 결국엔 한 그릇에 담기는 사건인데 굳이 일을 키우는 이유를 모르겠다면서 조은유를 타박했다. 하지만 조은유는 무조건 원칙대로 해야 한다고 강조했고, 그렇게 다섯은 개별로 다시 조사를 받아야 했다. 그 과정에서 권의진를 주도적으로 폭행한 사람이 가출팸 친구 중 가장 체구도 크고 힘도 강해 보이는 열아홉의 남학생 김성철로 밝혀졌다. 그런데 폭행을 한 이유나 동기는 자세히 밝혀지지 않았다. 아니, 조은유를 제외한 다른 형사들은 그 이유나 동기를 알고 싶은 의지가 없었다. 그래서 인생 선배 권의진의 충고가 잔소리처럼 들린 김성철이 우발적으로 두들겨 팬 것으로 조서를 작성했고, 김성철에게는 반성문부터 쓰게 했다.

그 시각, 조은유는 김다미를 마주 보고 있었다. 김다미의 떨리는 눈빛과 두 손은 아직 아이라는 증거로 보였다. 조은유가 김다미에게 핫초코 한 잔을 건네며 말을 건넸다. 종이컵에 담긴 핫초코를 본 김다미의 눈빛이나 표정이 더없이 복잡해 보였다.

"이 핫초코 기억해?"

"네?"

"권의진 씨가 영상이 끝날 때쯤 항상 사 주던데?"

의심은 좋지 않다. 하지만 무턱대고 믿을 경우, 진실을 가리게 된다. 구독자 중 한 명인 조은유가 영상을 재차 확인하다가 발견한 게 있었다. 함정이라고 해야 할까. 선한 의도라고 묻어 두기엔 납득할 수 없는 장면이 여러 군데에서 눈에 띄었다. 팬심이 아닌 객관적인 시선으로 보다 보니 권의진의 영상은 허점투성이였다. '참교육' 시리즈 영상은 요즘 말로 '주작'의 냄새가 났다. 그리고 꼭 영상의 말미에는 마치 콘텐츠의 특징을 알리는 신호처럼 피해를 당할 뻔한—대부분의 영상에서 피해자 연기를 한—김다미에게 권의진이 위로를 담아 건네던 음료가 핫초코였다.

핫초코 잔을 손에 쥔 김다미는 조은유의 질문에 긍정도 부정도 하지 않았다. 조은유는 김다미에게 반드시 해야만 하는 말이 있을 거라고 믿었다. 그 확신은 권의진이 그토록 이해할 수 없는 폭행을 당해야만 했던 진짜 이유와 뒤섞여 있었다.

"대체 무슨 속사정이 있는 거야."

"……."

"지금 이대로라면 너희는 진짜 악마가 되는 길만 남았어. 아까도 말했지만, 너희를 도와준 착한 오빠를 일방적으로 폭행하고 무책임하게 도망친 악마들이 되는 거지."

"……."

"가정교육도 못 받고, 학교에서도 내놓고, 또래 친구들은 너희를 벌레 보듯 보고, 그래서 너희는 아무리 벗어나고 싶어도 벗어날 수 없는 그 어두컴컴한 지하방에서 바퀴벌레나 기생충 같은 악마가 되기로 작정한 거지."

"씨발! 그만둬!"

김다미가 화를 냈다. 그건 자신을 바퀴벌레, 기생충이라고 부른 것에 대한 즉흥적인 반발이 아니었다. 조은유는 김다미의 분노엔 다른 이유가 있다고 확신했다. 미리 조사해 온 자료를 보며 김다미에게 물었다.

"권의진 씨가 참교육 영상을 업로드하며 받은 후원금, 슈퍼챗이 얼마인지 김다미, 넌 알고 있었어?"

"씨발. 난 몰라요. 아무것도 몰라."

"아무것도 모르면서 왜 그 영상엔 꼬박꼬박 출연한 거야?"

"시키니까."

"누가? 권의진 씨가?"

김다미가 고개를 끄덕이며 말을 이었다.

"출연 안 하면 죽일 테니까."

"뭐?"

"진짜 죽여."

"죽인다는 게…… 무슨 말이야?"

"하나만…… 하나만 약속해 줘요."

"뭘?"

"성철 오빠, 악마 아니고요. 이건 정당방위라는 거. 그거 알아준다고."

"사람을 저렇게 두들겨 패고, 정당방위? 그걸 나보고 믿으라고?"

"언니도 뭘 본 게 있으니까 지금 이렇게 얘기하는 거 아니에요? 그니까 씨발, 믿고 말고 그게 중요한 게 아니라 우리 다섯, 왜 그래야 하는지 알아 달라고."

"궁금해."

"뭐가요?"

"아까 다섯이 같이 있을 때는 이런 말 왜 안 했어? 말해도 안 믿어 줄까 봐?"

"그것만은 아니고."

"그럼, 왜 안 했는데?"

"그거 말하기 전에 먼저…… 이거나 봐요."

"뭘?"

조은유는 이야기를 하는 내내 마치 추적하듯 김다미의 눈동자를 좇았다. 김다미는 여전히 심각할 정도로 불안정해 보였지만, 그랬어도 이것만큼은 말해야겠다는 마음만큼은 확실해 보였다.

김다미가 계속 두 손으로 끌어안고 있던 가방 지퍼를 주저하지 않고 열더니 가방 안에 있던 내용물을 쏟았다. 그 순간 조은유는 괜히 권의진을 의심한 건 아닌지 후회가 됐다. 가방에서 나온 물건들 중에는 각종 성인용품에 담배, 마약으로 보이는 것들도 눈에 띄었으니까.

폭행 사건에서 일이 더 커져 여타 10대 청소년의 범죄 사실까지 조명되는 게 아닐까 하는 생각에, 조은유는 반사적으로 주위를 둘러봤다. 다행히 별도의 가림막이 설치되어 있어서 그들을 지켜보는 이는 없었다.

김다미가 가방을 쏟은 이유는 한 소지품 때문이었다. 김다미는 망설임 없이 손을 뻗어 그것을 잡았다. 제법 오래된 핸드폰이었다. 핸드폰 액정 화면에는 수도 없이 자잘한 금이 있었는데, 한눈에 봐도 오래된 모델이어서 더 눈에 띄었다. 김다미가 전원 버튼을 누르더니 핸드폰을 테이블 위에 올려두었다. 잠시 후 진동과 함께 핸드폰 액정 화면이 켜졌다. 김다미는 까다로워 보이는 핸드폰 잠금 패턴을 용케, 혹은 습관처럼 풀었다. 그러자 온통 검은색으로 칠해진 바탕 화면이 드러났다. 김다미가 그 전원이 켜진 핸드폰을 조은유에게 내밀더니 말했다.

"의진 쌤은, 모두에게 쌤으로 통했어요. 자기를 그렇게 부르라고 했죠. 처음엔 진짜 쌤인 줄 알았어요. 밥 한 끼 제대로 먹을 수 없는 우리한테 기회를 줬으니까. 씨발, 밥 사 주고 재워 주고, 많이는 아니지만 돈도 챙겨 줬어요. 쉼터 선생들처럼 귀찮게 하는 일도 없었고, 엄마 아빠처럼 때리지도 않았고, 학교 친구들처럼 날 벌레 보듯 보지도 않았어요. 그러다 보니 처음엔 좋았어요. 진짜 쌤이었죠. 아니, 지금도 쌤은 쌤이죠. 계속 그렇게 부르라고 했으니까."

"그런데, 왜…… 뭐가 문제인 건데?"

"핸드폰 갤러리를 열어 봐요."

조은유는 갤러리를 열어 봤다. 그리고 왜 김다미가 문자나 카톡이 아니라, 갤러리를 열어 보라고 했는지 알 것 같았다. 사진첩엔 온통 텔레그램 메시지를 캡처한 사진이 한가득 저장되어 있었다. 발신자는 모두 '푸른 청년'. 유튜브 채널명을 딴 닉네임이었다.

"푸른 청년이 권의진이야?"

"당근. 그 쌤이 일을 시켰어요. 우리 다섯한테 골고루."

"무슨 일?"

"그건 캡처한 거 보면 되고요. 중요한 건 지금부터예요."

"뭐가 중요한데?"

"쌤이 우리가 말 안 들으면 쫓아낸다고 했으니까."

"그게 진짜야?"

"모두 거기 사진에 담겨 있어요. 우린 계속 끌려 다니기만 했어요."

"왜?"

"그래도 쌤이니까. 밥도 주고, 잠도 재워 주고, 용돈도 줬으니까. 집이나 쉼터에서 뭉개는 애들한테 함 물어봐요. 헬퍼 없이 버틸 수 있나. 우리 다섯도 집이랑 학교에서 나온 애들인데…… 어차피 우리를 찾지도 않고요."

"그래. 그래도…… 그래도 마지막으로 하나만 묻자. 나쁜 일을 시켰다고 해서 두들겨 패는 게 정당방위라고, 누가 그래? 어떤 게 정당방위냐고!"

머뭇거리는 김다미에게서 조은유는 진실을 읽었다. 그리고 거짓말로 둘러대기 위한 머뭇거림이 아니라는 게 조은유를 더 힘들게 했다.

"형사님. 솔직히 지금 내가 한 말, 못 믿죠? 사진이나 증거들 봐도 믿기 싫죠?"

"왜 그렇게 생각해?"

"믿고 싶지 않은 게 확실해."

"묻잖아. 왜 그렇게 생각하느냐고."

"지금 봤잖아요."

"응?"

"캡처한 사진들. '1'에 담긴."

"……."

"그걸 보고도 정당방위가 아니라고 말하면…… 믿기 싫은 거 맞아, 진짜로."

조은유가 김다미의 말에 선뜻 답하지 못하는 데에는 이유가 있었다. 김다미가 보여 준 갤러리에 '1'이란 숫자로 저장된 카테고리는 아직 확인하지 않았기 때문이다. 아니, 차마 열지 못했다고 하는 게 맞다.

권의진이 잘못한 거라고, 이 독백이 마음속에서 수없이 메아리치고 있는 게 조은유는 힘들었다. 조은유는 이미 알고 있었다. 진실을 몰라서가 아니라 오히려 지나칠 정도로 또렷이 알고 있기에 갈등하고 있는 것임을. 진실은 김다미가 이미 반복해 말했던, 확실하게 저장해 두었던 사진들 속에 담겨 있다. 푸른 청년 권의진이 비행 청소년을 데리고 다니며 유튜브 영상 조작부터 범죄에 이용했다는 정황, 흔적이 담긴 메시지까지.

괴물이 된 아이들

지금 조은유가 고민하는 건 김다미의 이야기가 진실인지 아닌지의 문제가 아니다. 이 사건이 드러났을 때 믿고 싶어 하지 않는 사람들의 여론 몰이에 어떻게 하면 진실을 알릴 수 있을까에 대한 고민이었다. 학교와 부모로부터 버림받은, 초라해지고 싶지 않아서 욕을 달고 사는 길 위의 아이들 말을 믿어 줄 사람은 없으니까. 그런 아이들에게서 나온 이야기를 어디서부터 어떻게 설명해야 할지, 조은유는 처음부터 끝까지 모든 게 고민이었다.

5

"어떻게 하죠?"

조은유가 부러 시선을 다른 곳으로 돌렸다. 차마 권의진의 얼굴을 볼 수 없었다고 하는 게 정확했다. 여전히 중환자실에 누워 있는 권의진을 바라보는 건 슬픈 일에 가까웠다. 중환자실을 담당한 의사가 말했다. 눈을 떴다고 해서 모두 정신을 차린 게 아니라고.

중환자실에 입원한 지 일주일 만에 권의진의 두 눈이 열렸다. 그때 그의 젊은 엄마 박은혜는 놀라워하거나 기뻐하는 표정을 짓지 않았다. 조은유가 느끼기에 그녀는 예측하지 못한 상황을 마주했을 때나 보일 법한 표정을 짓고 있었다.

"의사는 눈을 떴다고 해서 의식을 회복한 게 아니라고 했어요."

"이제 눈을 떴으니, 조금씩 회복될 겁니다. 걱정하지 마세요, 어머님. 천천히 기다려 보시죠."

"그게…… 회복될 전조가 있는 거지, 진짜 몸이 좋아지는 건 아니잖아요? 그렇죠?"

의식을 회복하지 못하는 걸 안타까워해야 하는 게 정상이었다. 중환자실에 매일 들렀기에 아들의 쾌유를 바라고 있는 줄 알았다. 그런데 박은혜는 권의진이 눈을 뜬 상황을 새삼 불안해하는 분위기였다.

조은유는 착잡했다. 권의진이 혼수상태에서 깨어나는 걸 왜 박은혜가 불안해하는지 너무 쉽게 짐작이 갔기 때문이다. 조은유는 자신의 짐작이 그저 짐작이기를 바랐다.

보험조사원은 권의진이 핸드폰 대리점 사업을 시작하면서 거래처와의 관계 때문에 종신보험을 여러 개 가입했으며, 만약 권의진이 1급 장애를 앓게 되거나 사망하게 될 경우 그의 친족인 젊은 엄마 박은혜에게 보상금이 지급된다는 사실을 이야기했다. 이때만 해도 십 몇 년이 넘도록 찾지 않았던, 거의 유기한 거나 다름없는 사실혼 관계에서 낳은 아들을 혼수 상태에 빠진 뒤에야 경찰의 연락을 받고 찾은 이유가 무엇이

겠냐고 의심하던 보험조사원의 말이 사실이 아니었으면 했다. 하지만 아무리 봐도 아들이 눈을 뜨고, 의식을 회복하고, 다시 건강해지는 것을 박은혜가 바라는 눈치가 아니었기에, 조은유는 권의진과 가출 아이들 사이에 벌어진 일에 대해 말문을 열었다.

박은혜는 조은유의 말을 아예 듣지 않으려고 했다. 그럼에도 조은유는 가출팸이 자칭 선한 헬퍼 권의진에게 당했던 끔찍한 일만은 사실 그대로 전달했다. 핸드폰에 남아 있던 권의진과 아이들 사이에 주고받은 메시지, 지켜보는 것조차 역겨운 동영상, 사진 등 권의진의 만행이 고스란히 담긴 증거도 보여 주었다.

모든 설명을 듣고 증거 자료까지 확인한 박은혜는 어안이 벙벙한 표정을 지었다. 담담하지만 묵묵히 아이들의 진술을 전한 조은유의 시선이 서서히 누워 있는 권의진에게로 향했다. 권의진의 눈동자엔 초조함과 불안이 짙게 스며들어 있었다. 눈을 떴어도 의식은 아직 회복 전이라고 한 의사의 말이 거짓말처럼 느껴졌다.

박은혜는 이 사건의 진실에 대해서는 아무 관심이 없는 듯 말했다.

"그래도 어쨌든 사고는 일어난 거잖아요."

"네, 어머니. 맞아요. 사고가 일어났어요. 그런데 그 폭행 사고가 난 이유가 있다는 게 중요해요."

"그게 뭐가 중요해요."

"네?"

"그게 중요할 이유가 뭐냐고. 중요한 건 그 깡패 새끼들이 우리 아들 의진이를 두들겨 패서 이 모양 이 꼴로 만들어 놓은 거고요. 또, 그 뭐야……."

"잠깐만요, 어머니. 폭행은 분명 잘못된 거지만 그 폭행엔 과정이 있어요. 그 과정을 규명해서 다시는 이런 일이 없도록 해야 하는 게 제 일이고요."

"아, 씨발. 내 말 끊지 말고 들으라고요!"

순식간에 박은혜의 얼굴과 목소리에 분노의 기운이 들끓었다. 반사적으로 조은유가 말을 멈췄다. 박은혜의 핏발 가득한 흰자위, 그 흰자위에 흔들리는 검은 눈동자는 상대방의 말을 듣지 않으려는 의지로 가득했다.

박은혜가 권의진을 향해 시선을 돌렸다. 권의진의 눈은 이전보다 생기 넘쳐 보였지만, 그 순간 노려보는 엄마의 시선을 반사적으로 피하는 듯했다.

믿기는 어렵지만, 왠지 그 엇갈림이 둘 사이의 관계를 말해 주는 것 같았다. 조은유 입장에서는 그렇게 보였다. 그렇지 않고서는 박은혜의 반응을 이해할 방법이 없었기 때문이다.

"권의진이 무슨 잘못을 했든지 엄마로서는 그게 중요하지 않아요. 내 아들, 권의진이 심각한 장애를 가질 정도로 다쳤다는 사실이 중요해요. 이 사실은 변하는 게 아니잖아요. 일주일 넘게 중환자실에 누워 있는 게 그 증거잖아. 내 말 틀렸어요?"

"어머니, 저도 아이들의 폭력을 결코 용서할 생각이 없어요. 그럴 마음도 없고."

"그럼, 그냥 하던 대로 용서하지 마세요."

"하지만 확실히 해야 할 게 남았잖아요. 권의진이 그 아이들에게 무슨 짓을 했는지 분명히 알아야죠. 지금 의식을 되찾고 있는 피해자 권의진은 물론, 몇 년 만에 아들 만나려고 열 일 제치고 다시 찾아온 어머니도요."

박은혜는 아예 눈과 귀를 닫은 듯했다.

조은유가 더 또렷하고 선명한 눈빛으로 권의진을 바라봤다. 권의진도 더는 조은유의 시선을 피하지 않고 마주했다. 조은유는 권의진에게서 눈을 떼지 않은 채 자리에서 일어나 안절부절못하는 박은혜에게 말했다.

"어머님, 아이들은 진짜 거짓말은 하지 않아요."

"무슨 뜻이에요?"

"눈에 보이는 뻔한 거짓말, 누가 봐도 거짓말이라고 생각할 법한 건 습관처럼 하지만, 진짜 거짓말은 못하는 게 아이들이라고요."

"그래서, 그래서 나보고 뭘 어떻게 하라고?"

"어머니 아들이, 피해자 권의진 씨요."

"……."

"사과해야 할 것 같아요. 깨어나는 기적이 허락된다면, 아니 그렇지 않더라도 반드시 진심 어린 사과를 해야 할 거예요. 그 아이들에게."

산소호흡기에 의지한 채 누워 있는 권의진의 손을 잡은 박은혜의 손이 심하게 떨리기 시작했다. 하지만 조은유는 그저 그 모습을 바라보기만 했다. 박은혜가 위로와 도움을 갈구하는 눈빛으로 바라봤지만, 조은유는 그 시선으로부터 도망치고만 싶었다.

그리고 문득 부끄러워졌다.

이 모든 것이.

6

다음 날, 뉴스에서는 핸드폰 대리점 사장 권의진을 폭행한 주범으로 가출팸 중 한 명인 열아홉 살 김 모 군을 지목하며 그를 소년구치소로 보냈다고 방송했다. 김다미 이하 다른 아이들의 언급은 없었다. 김성철은 조사 과정에서 자신이 모든 걸 주도했다고 고백했다. 어른들이 볼 땐 이해하기 어려운 그 아이들만의 규칙이 작용한 건지는 모르겠다. 결국 피의자로 처벌받는 아이는 열아홉의 김성철, 그 한 친구뿐이었다.

언론은 핸드폰 대리점 사장 권의진의 쾌유를 바라는 메시지를 잇달아 내보냈다. 하지만 그것도 잠시, 점차 다른 의혹들이 빠른 속도로 고개를 들었다. 권의진과 가출팸 아이들 사이에 무슨 일이 있었는지에 대해 주목하거나 추측성 기사들이 쏟아져 나왔다. 그렇게 사건은 커지고, 언제나 그렇듯 진실보다는 자극적인 문구만이 사람들 눈에 각인될 것이다.

앞으로의 일을 떠올리자, 문득 조은유는 또 한 번 부끄러움에 대해 생각하게 되었다. 정말 부끄러워해야 할 당사자가 누구인지에 대해서도.

공동체, 학교, 조직 등 어느 사회이든지 간에 가장 무섭고 두려운 것은 '편견'입니다. 편견은 두 얼굴을 품고 나타납니다. 하나는 처음부터 '저 사람은 원래 저런 사람이야'라며 색안경을 끼고 바라보는 것입니다. 물론 이런 편견도 무섭습니다. 그런데 또 하나, '저 사람은 그렇게 할 사람이 아니야. 절대 그럴 리 없어' 하고 한쪽으로 치우쳐서 생각하는 것도 안타깝고 대책 없기는 마찬가지입니다.

무조건적인 미움과 무조건적인 옹호가 대세가 되어 버린 오늘의 학교 현실, 제법 어렵고 난처한 주제인 '학교 폭력', 더 나아가 '청소년 폭력'을 대하는 작가의 책임감은 꽤 오랫동안 가지고 있을 것 같습니다. 무조건 미워해서도, 무조건 편을 들어서도 안 되는 10대 폭력의 문제 앞에서도 말이죠.

그래도 한 편의 소설을 통해 폭력의 시선과 문제점을 들여다보는 일을 멈추지 않는 것. 저는 그 소중함을 생각해 이 소설을 공들여 눌러썼습니다. 그건 자부합니다.

문제 소설(?) 〈목격자〉가 독자 여러분에게 들여다봄의 기회를
제공해 주길 바라봅니다.

천지윤

부산에서 태어나 건국대학교에서 동화미디어창작학과 석사과정을 수료했다. 자신의 마음이 여러 사람의 마음에 닿기를 바라는 마음으로 글을 쓰고 그림을 그리고 있다. 총총지(chongchong_ji)라는 아이디로 '총지툰'이라는 일상을 담은 이야기를 인스타그램, 네이버블로그, 그라폴리오 등에 연재하고 있다.

1

오늘은 개학날이다. 진아는 부은 눈을 반쯤 뜨고 화장실로 가서 샤워기를 틀었다. 샴푸를 칙 짜서 머리를 감는데 쭈뼛 쭈뼛 자란 겨드랑이 털이 포착되었다.

"너 참 빨리도 자란다. 에휴."

바디 워시를 쭉 짜서 양손으로 비빈 다음, 편의점에서 산 일회용 면도기로 빠르게 털을 밀었다. 오늘따라 셀 수 있을 정도로 자란 다리털이 거슬렸다. 털을 스윽 밀다가 왼쪽 무릎 아래를 베였다.

"아얏!"

붉게 방울져서 나오는 피를 샤워기 물로 씻어 냈다. 상처

난 부분이 물줄기에 닿을 때마다 따끔거리더니, 얼마 지나지 않아 주변에 붉은 두드러기가 올라왔다. 왜 오늘따라 평소에 밀지도 않는 다리털이 보인 건지, 거울에 비친 자신을 잠시 째려본 다음 머리카락을 수건으로 감싸며 화장실을 나왔다. 책상 위에 올려놓은 핸드폰을 톡톡 건드려 잠금 화면에 뜬 날씨를 보며 중얼거렸다.

"24도 맑음."

춘추복을 입으면 점심에 땀이 흐르지 않을 정도로 조금 더울 것 같고, 하복을 입으면 저녁에 딱 닭살이 돋을 정도로 조금 추울 것 같은 날씨였다.

"그래, 너로 정했다!"

진아는 한껏 시원함을 뽐내는 하복을 입고 거울 앞에 섰다. 하복을 입은 자신의 모습이 생각보다 괜찮아서 씨익 미소를 지었다. 침대 위에 널브러진 춘추복과 이불을 대충 정리한 후, 전원을 끈 핸드폰을 교복 주머니에 넣었다.

"황진아! 남은 고1 생활 잘해 보자!"

학교 가는 길, 살랑살랑 머리를 스치는 바람을 느끼며 진아는 이어폰으로 힙합 노래를 들었다. 힙합이란 장르는 잘 모르지만 서바이벌 프로그램을 보면서 관심이 생겼다. 흔들

흔들 스텝을 밟으며 흥얼거리니 기분이 들떴다.

그때 툭, 누군가 진아를 밀쳤고 그만 중심을 잃은 채 쓰러졌다.

"괜찮아?"

반장 시우였다. 뽀얀 피부에 쌍꺼풀이 없다고 믿기 힘들만큼 커다란 눈, 보기만 해도 흐뭇해지는 얼굴의 소유자! 거기다 공부까지 잘해서 전교 회장 적임자라는 말이 전교에 파다했다. 진아는 시우를 보고 있으면 이상하게 웃음이 났다.

"어? 왼쪽 무릎에 상처가 났어."

이렇게 가까이에서 시우를 본 적은 없었다. 진아는 시우의 눈을 똑바로 쳐다보지 못하고 얼버무렸다.

"어엇, 아니야! 너 때문이 아닌데……."

"선생님이 불러서 급히 가느라, 미안해."

진아의 얼굴이 단풍처럼 붉게 물들었다. 진아는 두 뺨에 느껴지는 열기를 손으로 가린 채 교실 안으로 들어갔다. 아직 교실 자리가 정해지지 않아서 고민이 되었다. 맨 앞은 부담스럽고 맨 뒤는 칠판이 잘 안 보일 것 같았다. 결국 두 번째 줄 중간에 앉았다.

"얘들아, 개학 기념으로 일주일 뒤에 복장 검사를 진행한대. 모두 참고해!"

타슴자박

시우가 칠판에 복장 및 두발 규정이 적힌 종이를 붙이며 말했다. 칠판에 종이를 붙이는 모습도 어쩜 저렇게 멋질까? 심장아, 가만히 좀 있어라! 진아는 두 손으로 가슴 언저리를 꾹 누르며 속엣말을 했다. 반 아이들은 칠판에 붙은 종이를 보며 볼멘소리를 냈다.

"아, 겁나 빡세네. 화장도 안 된다 하고, 치마 길이도 규제하고."

"울 학교 정말 답 없다. 요즘 복장 규정이 없어진 학교도 많은데."

"진짜 열받네. 염색, 파마도 안 된대. 뭔데 자유를 억압해?"

진아는 손거울을 꺼내 머리를 가까이 비춰 보았다. 진아의 머리색은 갈색이다. 그냥 갈색이 아니라 금빛에 가까운 갈색이라서 매번 선생님들에게 염색을 했다는 오해를 받았다.

"그래도 어쩌나, 내 머리색은 이런 걸!"

진아는 나지막이 중얼거리며 손거울을 탁 닫았다. 그때 시우가 손바닥으로 칠판을 치며 말했다.

"애들아, 개학식은 강당에서 한대. 모두 강당으로 가자."

아이들이 우르르 교실을 빠져나갔고 진아도 천천히 걸음을 옮겼다. 그때 뒤에서 익숙한 목소리가 들려왔다.

"헥헥. 황지, 또 카톡 안 읽더라! 지각해서 학주한테 혼나

괴물이 된 아이들

고 왔어잉."

"카톡 온 줄 몰랐어. 으이그! 얼른 가자. 강당에서 개학식 한대."

강당에서는 학주가 소리소리 지르며 아이들을 조용히 시켰다. 그리고 이어지는 교장선생님의 지루한 연설. 진아는 그래도 좋았다. 제일 앞에 서 있는 시우의 실루엣을 조금이라도 바라볼 수 있었으니까. 자꾸만 실실 웃음이 배어 나왔다. 2학기 첫날, 아침부터 뭔가 기분 좋은 예감이 진아를 한껏 설레게 했다.

그날 진아의 심장은 마치 과부하에 걸린 듯했고 제자리로 돌아오기까지 한참 걸렸다. 시우와 그렇게 마주치다니!

"일회용 면도기를 만든 공장장님, 감사합니다! 왕성한 내 다리털아, 고맙다!"

진아는 두 손 모아 박수를 치며 외쳤다. 온 세상 모든 것에 그저 감사했다.

다음 날, 학교에 갔을 때도 진아의 눈과 귀는 시우에게만 열려 있었다. 힐끔힐끔, 흘끔흘끔 고정된 안테나처럼 모든 주파수가 시우에게로 향했다.

"오늘은 자리 배정을 한다. 계속 바꾸면 번거로우니까 이

번 자리로 쭉 간다."

선생님의 말에 아이들은 한 줄로 서서 종이를 뽑았고 진아도 가슴 졸이며 뒤쪽에 섰다. 떨리는 마음으로 천천히 종이를 펼쳤다. 2번이었다. 혜수가 진아의 번호를 보고 깔깔 웃었다.

"맨 앞이네! 난 3분단 끝인데. 황지, 열공해야겠구먼."

"이혜수, 조용히 해라."

진아는 낮은 목소리로 말하며 맨 앞자리에 앉았다. 시우가 뒤에 앉은 혜수를 보는 척하며 사물함에 기대어 종이를 펼치고 있었다. 드디어 사물함에서 몸을 뗐다. 이제 주사위는 던져졌다. 진아는 앞으로 돌아 두 손을 꼭 모았다. 속으로 주문을 외웠다. 제발, 제발…… 시우랑 앉게 해 주세요.

"어, 안녕!"

시우가 옆자리에 가방을 걸고 있었다. 오우, 말도 안 돼. 옆자리라니! 우연, 인연을 넘어 이건 정말 운명, 아니 필연이다! 그나저나 시우는 목소리까지 좋구나. 진아는 옆에 앉아 있는 시우를 슬쩍 봤다. 진아와 눈이 딱 마주치자 시우가 웃었다. 시우의 웃음에 아이스크림이 입안에서 녹는 것처럼 진아의 마음도 녹아 내렸다. 또 한 번 시우가 웃었다. 으윽, 시우의 웃음화살이 진아의 심장 과녁을 명중했다. 이제 진아는

괴물이 된 아이들

시우를 벗어날 방법이 없었다. 겨울방학아, 절대로 오지 마라. 나는 영원히 1학년이고 싶다. 진아는 속으로 비명을 지르며 포커페이스를 유지하느라 진땀을 뺐다.

2

진아는 과학이 어려웠다.

'어는점, 녹는점.'

왜 이리 용어가 많은지, 멍하니 교과서에 적힌 두 단어에 동그라미를 쳤다. 물의 어는점과 얼음의 녹는점은 0도이다. 물은 영상이 되면 액체가 되고, 영하가 되면 고체가 된다. 그럼 0도일 때는? 진아는 옆에서 공부하고 있는 시우를 빤히 쳐다봤다. 텔레파시가 통했는지 시우가 고개를 돌렸다. 눈을 깜빡깜빡거리며 재빨리 시우에게 말을 걸었다.

"저기, 0도일 때 물은 언 상태야? 녹은 상태야?"

"아, 0도일 때는 물이 될 수도, 얼음이 될 수도, 아니면 물과 얼음 둘 다 섞여 있을 수도 있어."

시우는 진아를 바라보고 씽긋 웃었다. 시우의 웃음은 매번 진아의 마음을 이리저리 흔들었다. 진아도 수줍게 미소를 지었다. 마음 같아서는 헤벌쭉, 얼굴의 모든 조직의 힘이 풀어질 것 같았지만 안간힘을 써서 안면근육을 조정하는 중이었

타승자박

다. 참아. 바보처럼 웃지 말자. 평정심을 잃지 말아야 해. 헤프게 보이지 말고 포커페이스 유지, 아니 그냥 중간 정도로 유지! 문득 "중간만 가도 반은 먹고 들어간다. 중간만 가도 돼" 하던 엄마 말이 떠올랐다.

주부인 엄마, 시청을 다니는 아빠. 진아는 평범하다면 평범하다고 할 수 있는 가정에서 태어났다. 큰 문제도 없고, 그렇다고 특별하지도 않는. 그래서인지 부모님은 진아에게 바라는 게 없었다. 늘 진아가 하고 싶은 대로 하라고 했다.

하지만 진아는 그게 어렵게 느껴졌다. 머리카락을 기르다 보면 단발이 끌리고, 짧게 자르고 나면 장발이 부러워진다. 그렇다고 중간 정도로 기르면 '거지 존'이 되어 어깨선에서 머리가 다 뻗쳐 버린다. 진아는 그 중간이라는 게 참 어려웠다.

플러스와 마이너스, 시우로 인해 종잡을 수 없이 올라갔다 내려가는 진아의 마음을 대변하듯, 영상과 영하 그 경계에서 왔다 갔다 하는 겨울이 찾아왔다.

기말고사가 끝나고 겨울방학을 앞둔 축제 날이었다. 바닥에 닿으면 사라지는 작고 얇은 눈이 하늘에서 내리고 있었다. 혜수가 신나서 이리저리 몸을 흔들며 유연하게 웨이브를 선보였다.

"역시, 댄스부는 다르네!"

"황지, 나 좀 있다가 춤추는 거 잘 봐라잉!"

"알겠어!"

어느덧 장기자랑을 하는 시간이었다. 모두 장기자랑을 보기 위해 강당으로 갔다. 혜수는 춤을 추기 위해 무대 쪽으로 갔고, 진아는 시우가 언제 오나 계속해서 두리번거렸다. 그때 강당으로 들어오는 시우와 눈이 딱 마주쳤다. 시우는 진아를 향해 걸어왔다.

"옆에 자리 있어?"

시우가 장난스런 웃음을 띠고 서 있었다.

"아니, 없어."

"그럼 옆에 앉아도 될까?"

"응!"

축제 조명을 받아서 그런지 시우는 더 빛났다. 진아의 심장도 얼마 전보다 더 요동쳤다. 심장 소리가 시우에게 들릴 것 같아 숨을 가만가만 얕게 쉬었다. 때마침 무대에 혜수가 나타났다. 그래, 혜수를 응원하는 데 집중하자. 진아는 의자를 확 밀고 일어났다. 찌이익, 의자 가장자리에 스타킹이 걸려 올이 나갔다. 놀란 진아는 얼른 손으로 다리를 가렸다. 그 모습을 보고 시우가 자신이 입고 있던 카디건을 벗어서 진아에게 건넸다.

"이걸로 가려."

진아는 조심스레 시우의 카디건을 만지작거렸다. 부드러웠다. 자꾸만 웃음이 났다.

"진아야, 오늘 학교 끝나면 같이 버스 타고 갈래?"

"응, 좋아!"

축제가 끝나고 나니 눈이 펑펑 내리고 있었다. 우산을 챙기지 못한 진아는 당황스러웠다.

"아, 우산 없는데."

시우는 싱긋 웃으며 우산을 폈다.

"나 있어, 같이 쓰자."

둘은 한 우산을 썼다. 우산을 같이 쓰다니, 시우의 숨소리가 더 크게 들려 진아의 얼굴이 자꾸 달아올랐다. 바스락바스락 눈을 밟으며 학교 앞 버스정류장으로 향했다.

캬, 진아는 준비성 있는 시우가 더 좋아졌다. 걷다 보니 어느새 버스정류장이었고, 진아가 탈 버스가 곧 정류장에 정차했다.

"버스 왔어."

이대로 가고 싶진 않았다.

"음, 사람이 너무 많네. 다음 차 타야겠다."

발을 동동거리다가 그만 아무 말이나 튀어나와 버렸다. 좋아한다고 말하고 싶었는데.

"아, 그래."

하늘에서는 예쁜 눈이 내리고, 때마침 버스정류장에는 사람이 없었다. 오늘이 아니면 언제 또 용기가 생길지 몰라! 진아는 두 손을 불끈 쥐었다.

"그게, 저기……."

"응. 왜?"

심장이 터져 버릴 것 같았다. 진아는 시우 쪽으로 몸을 돌린 후, 눈을 꼭 감고 심호흡을 크게 했다. 가뜩이나 떨려 죽겠는데 추위가 더해져 더 떨렸다. 몸도 마음도 달달달 떨며 입을 열었다.

"나…… 나 너 좋…… 좋아해. 우리 사…… 사귈래?"

아무 인기척이 느껴지지 않았다. 아, 망했다. 시우야, 제발 무슨 말이라도 해 봐. 으으으, 어떡하지? 진아의 생각이 꼬리에 꼬리를 물었다. 그래도 일단 상황을 수습해야 했기에 진아는 천천히 왼쪽 눈을 뜨고, 오른쪽 눈을 떴다. 그런데 시우가 웃고 있었다. 고개를 끄덕이면서 말이다. 눈이 계속해서 내리더니 어느새 세상을 하얗게 덮었다.

3

어느덧 겨울방학을 하고 일주일이 지났다. 그 말은 시우를 못 본 지 일주일이 지났다는 이야기다. 시우와 매일 연락을 하지만 그걸로 턱없이 부족했다. 직접 보고 싶었다. 문제집을 보며 머리를 쥐어뜯다가 손을 스윽 핸드폰으로 가져갔다. 유튜브 스크롤을 내리던 진아의 두 눈에 '역대 드라마 키스신 모음'이라는 제목이 포착되었다. 침을 꼴깍 삼키고 영상을 클릭했다.

화면 속 두 주인공이 손을 잡더니 조금씩 천천히 서로에게 가까워지고, 이윽고 입술과 입술이 닿았다. 말캉한 두 입술이 잠시 떨어졌다. 서로를 지긋이 바라보더니 이렇게 헤어질 수는 없다는 듯 떨어졌던 두 입술이 다시 합쳐졌다. 입술과 입술이 올라갔다 내려갔다, 왔다 갔다 했다. 진아의 머릿속에 시우가 떠올랐고 심장이 쿵쿵거렸다.

'시우와 나도?'

진아는 시우가 더 보고 싶어졌다. 손가락을 꼼지락거리며 카톡 창을 켰다. 썼다 지웠다를 반복하다 결국 톡을 보냈다.

— 내일 뭐 해?
— 집에서 공부하려고, 왜?

— 아, 영화 한 편 볼까 해서.

— 그럼 공부 다 하고 5시쯤 같이 영화 볼까?

진아는 핸드폰에 대고 뽀뽀를 했다. 날아갈 것 같아! 진아는 공중에 붕 뜬 것 같은 기분을 만끽했다. 침대에 누워 연신 발로 박수를 치고 있는데 엄마가 방문을 두드렸다.

"딸, 과일 먹자. 나와."

춤추듯 스텝을 밟으며 거실로 나갔다.

"어…… 근데 아빠는 아직 안 왔어요?"

"오늘 회사에서 회식하고 온대."

그때 위이잉 핸드폰에서 진동이 울렸다. 시우의 카톡이었다.

— 영화 예매했어. 내일 5시 20분까지 영화관 입구에서 보자.

진아는 과일을 먹는 내내 시우와 카톡을 했다. 자신에게 이렇게 멋진 남자 친구가 있다니 뿌듯했다. 과일을 다 먹은 것도 모르고 포크로 계속 빈 접시를 찍으며 시우와 이야기를 하다가 정신을 차리고 화장실로 향했다. 화장실 거울에 비친 자신의 얼굴을 보고 깜짝 놀랐다. 세상에, 이렇게 바보처럼 웃고 있다니. 이게 꿈은 아니겠지? 진아는 엄지와 검지로 볼을 꼭 꼬집었다.

"아악!"

아픈 게 이렇게 기분 좋다니. 진아는 빨개진 볼을 두 손으로 문지르고는, 고개를 까딱까딱하며 칫솔에 치약을 묻혔다. 양치를 하며 방으로 들어와 옷장을 열었다. 뭘 입을지 고민하다 보니 입안에 거품이 넘쳐 입술을 타고 턱까지 흘렀다. 놀라서 화장실로 뛰어가 양치를 끝냈다.

거울 앞에서 이 옷 저 옷을 자기 몸에 대보던 진아는 새벽이 되어서야 아이보리 색 셔츠에 청바지를 입기로 하고 잠을 청했다. 하지만 영화관 데이트 생각에 한없이 설레어서, 꽤 오랫동안 뒤척인 뒤에야 잠이 들었다.

늦게 자서 그런지 늦잠을 자고 말았다. 진아는 후다닥 준비를 마치고 날씨를 확인했다. 영하 2도. 패딩을 입어야 하는 날씨다. 패딩을 입고 거울을 본 진아는 뭔가 아쉽다는 생각이 들었다. 그래서 망설이다가 패딩을 벗고 코트로 바꿔 입었다. 거울을 보고 미소를 지으며 옆머리를 정리했다. 황급히 짐을 챙기고 밖으로 나왔다. 휘휘 추운 바람을 뚫고 달려가면서 생각했다. 그냥 패딩 입고 나올걸. 진아는 올 겨울이 생각보다 춥다는 걸 다시금 깨달았다. 핸드폰을 보니 시

괴물이 된 아이들

우에게서 어디냐는 카톡이 와 있었다. 약속 시간보다 조금 늦게 도착할 것 같았다. 진아는 시우에게 카톡을 보냈다.

　– 좀 늦을 것 같아. 먼저 안에 들어가 있을래?

　5시 30분. 영화관 입구에서 시우가 시계를 보고 있었다. 허겁지겁 시우에게 갔다. 시우는 기분이 조금 언짢은 듯 언성을 높였다.
　"10분이나 늦었네. 20분에 보기로 약속했잖아."
　진아는 힐끔힐끔 시우의 눈치를 보며 기어가는 목소리로 말했다.
　"늦을 것 같다고 카톡 했는데, 먼저 들어가 있지."
　시우는 정색을 하며 아까보다 격양된 어조로 말했다.
　"늦어 놓고 그게 할 말이야?"
　"아니, 잘 보이고 싶어서 옷 고르다 보니까……."
　"잘못했으면 변명하지 말고 사과하는 게 기본 아냐?"
　시우가 진아를 빤히 쳐다봤다. 차가운 눈빛이었다. 진아는 자신이 알던 사람이라고 믿을 수 없을 만큼 시우가 낯설게 느껴졌다. 이내 시우는 먼저 영화관 안으로 들어갔고, 놀란 진아는 황급히 그 뒤를 따랐다. 분명 영화를 보고 있는데 내용이 눈에 들어오지 않았다. 진아는 굳어 있는 시우의 얼굴을 곁눈질로 쳐다봤다. 그렇게 시우에게 온 신경을 곤두세우다 보니 어느새 영화가 끝나 버렸다. 영화관을 빠져나올 때까지 어색한 기류는 이어졌다. 진아의 손에 땀이 흥건했다. 시우의 눈치를 보며 버스정류장을 향해 걷던 진아가 이내 멈춰 섰다.

"저기, 있잖아, 미안해. 이제부터 잘못한 거 있으면 변명 안 하고 사과할게."

그 말을 들은 시우가 연하게 미소를 띠었다. 시우는 진아의 머리를 쓰다듬으며 분홍색 립스틱을 쥐여 주었다.

"사과해 줘서 고마워. 이거 선물이야. 분홍색 립스틱이 너한테 잘 어울릴 것 같아. 아까 주려고 했는데 네가 늦어서 이제야 주네."

"고마워. 그리고 미안해. 진짜⋯⋯."

진아는 시우에게 미안한 마음이 더 커졌다. 다음에는 시우가 속상하지 않게 조심해야지! 진아는 분홍색 립스틱을 꼭 쥐고 다짐했다. 그때 시우가 물었다.

"손잡아도 돼?"

"응!"

둘은 꼭 잡은 두 손을 앞뒤로 흔들며 정류장을 향해 걸었다. 버스정류장에 도착하자 서로 눈이 마주쳤다. 뭐지? 이 간질간질한 분위기는? 진아가 더 생각을 이어갈 틈도 없이 시우의 다정한 목소리가 들려왔다.

"뽀뽀해도 돼?"

"으…… 응."

시우가 진아에게 다가왔다. 시우의 입술이 진아의 입술로 향했다. 쪽. 진아의 머릿속은 아까 본 '역대 드라마 키스신 모음' 영상으로 가득 찼다. 드디어 첫 키스를 해 보는 건가? 첫 키스를 할 때 막 종소리가 들리고 천사들이 왔다 갔다 하고 그런다던데, 진짤까? 진아의 심장은 이렇게 뛸 수 있나 싶을 정도로 빠르게 뛰었다. 시우의 말캉한 속을 느끼려는 찰나, 그만 치아와 치아가 부딪혀 버렸다.

"악!"

진아는 조심스레 시우를 봤다. 시우도 멋쩍은 표정으로 진아를 봤다. 다음에는 더 완벽하게 거사를 치르자고, 진아의 모든 세포가 마음을 하나로 모았다.

멀리서 시우가 탈 버스가 달려오고 있었다. 진아가 손으로 버스를 가리키며 말했다.

"버스 왔다. 얼른 탈 준비해."

"타는 거 보고 갈게."

"아냐, 네가 타는 버스는 30분마다 오잖아. 내 버스는 2분 뒤에 온대. 얼른 타."

"그럼 먼저 갈게! 아, 검은색 옷 진짜 잘 어울려."

시우는 그 말을 남긴 채 버스에 올라탔다. 버스에 타서도 시우는 진아에게 손을 흔들었다. 시우가 탄 버스가 떠나고 난 뒤, 진아는 오늘 했던 실수들이 떠올랐다. 한숨이 쉬어졌다. 진아는 소중한 시우의 마음 하나 못 맞추는 자신이 한없이 작게 느껴졌다. 다음부터는 조심하자고, 시우한테 잘 맞춰 나가야겠다고 다짐했다. 진아는 아쉬운 마음을 뒤로한 채 집으로 향하는 버스에 올라탔다.

4

어느덧 겨울방학도 끝났다. 고2가 되면서 진아와 시우는 반이 나뉘었다. 틈틈이 만나고는 있지만 아쉬운 게 많았다. 그래서 아침 일찍 등교를 해서 시우를 만났다. 일찍 일어나는 건 힘들었지만 시우를 볼 수 있다면 그 정도는 감수할 수 있었다.

둘은 점심시간마다 같이 시간을 보냈다. 우연히 발견한 비밀 장소, 바로 학교 건물 뒤 공터에서. 커다란 나무 뒤에 있는 작은 공간이라 눈에 잘 띄지도 않았다.

괴물이 된 아이들

"으윽. 개학하니까 너무 싫어!"

진아는 시우의 가슴에 얼굴을 기대고 속삭이듯 말했다.

"난 개학하니까 좋은데."

"왜? 난 집에서 뒹굴뒹굴거리고 싶은데! 개학하는 게 좋아?"

"응, 좀 자유롭잖아. 집은 답답해. 집에 있으면 감옥에 갇힌 기분이야. 있잖아, 요즘 들어 더 심하게 불쑥불쑥 내 영역을 침범하거든? 난 그게 참 싫어."

시우는 가끔 알 수 없는 말을 하곤 했다. 그때마다 미간이 가까워지고 두 눈은 허공을 향했다. 진아는 차가운 시우의 표정에 놀라서 차마 시우를 바라보지 못하고 신발에 시선을 둔 채 말했다.

"응? 내가?"

"아니, 진아 너 말고. 아빠가 자주 하는 말인데⋯⋯, 이 말을 내가 할 줄 몰랐네."

시우는 혼자서 헛웃음을 지었다. 시우는 진아의 머리를 쓰다듬으며 말했다.

"검은색으로 염색할 생각 없어? 두발 검사 때마다 선생님한테 설명하는 거, 힘들잖아."

"그런가? 난 이 머리가 좋은데."

"그래도 한번 해 봐. 검은색이 잘 어울릴 것 같아. 내가 가는 미용실 있어. 예약해 줄게!"

시우는 핸드폰을 꺼내 미용실을 예약했다.

"아니, 생각할 시간을……."

"오늘 학교 끝나고 꼭 가. 근데 왜 내가 준 립스틱 안 발랐어?"

시우가 진아를 빤히 보더니 말을 뚝 끊고 말했다. 단도직입적으로 물어보니 진아는 적잖이 당황스러웠다. 싸늘한 시우의 표정에 진아는 순간 얼어 버렸다. 어떻게 말해야 하지? 아침에 정신이 없어서 다른 립스틱을 들고 왔다고 하면 시우가 실망할 텐데. 진아는 횡설수설 말을 둘러댔다.

"아, 그게 주황색은 어떨까 해서!"

"진아는 분홍색이 잘 어울려."

주황색도 잘 어울린다고 말해 주지. 보통 연인 사이에는 뭘 해도 좋다고 해 주지 않나? 진아는 괜히 서운해져 입이 삐죽 튀어나왔다. 하지만 그 입술을 바로 집어넣어야 했다. 시우의 목소리가 한층 더 낮아졌으니까.

"기껏 생각해서 선물해 줬는데, 기분이 좀 안 좋아. 괜히 사 줬나 봐."

"아, 사실 급하게 나오느라 네가 사 준 립스틱을 못 챙겼어."

괴물이 된 아이들

"근데 왜 거짓말했어? 처음부터 사실대로 말해 주면 좋았잖아."

"아, 그게…… 실망할까 봐."

"나는 거짓말이 제일 나쁘다고 생각해. 다시는 거짓말하지 마."

"미안해. 안 그럴게."

이게 그렇게 화낼 일인가? 아니다, 거짓말한 건 잘못이지. 진아는 스스로를 자책했다. 그래도 사과를 하니 시우의 기분이 조금 풀린 것 같았다. 언제쯤 시우를 속상하지 않게 할 수 있을까. 진아는 어쩐지 요즘 들어 더 시우의 눈치를 보게 되었다.

날씨가 조금 쌀쌀해지는 것 같아서 진아는 겉옷 지퍼를 채우며 시우를 슬쩍슬쩍 쳐다봤다. 유독 시우의 눈가에 다크서클이 진하게 내려와 있었다.

"시우야, 혹시 피곤해?"

"아, 실은 어제 엄마가 안 주무셔서. 거실에서 밤새 엄마랑 이야기하느라 잠을 설쳤어."

"무슨 일 있었어?"

"아니, 그게…… 아빠가 늦게 들어오면 엄마는 불안하대."

"신기하다. 우리 엄마는 아빠가 회식 때문에 늦어도 상관

안 하던데."

"아빠가 조종사거든. 비행하느라 늦었다고 해도 계속 전화
하면서 기다려. 사랑하니까 걱정된다고."

사랑하면 걱정되는 게 맞지. 진아는 고개를 끄덕였다. 그
럼 우리 엄마는 아빠를 사랑하지 않는 건가? 그건 또 아닌
것 같고, 사랑이라는 건 참 어려워. 진아는 머리를 긁적였다.
딩동댕, 종소리가 울리자 둘은 각자 자기 반으로 향했다.

진아는 시우가 소개해 준 미용실로 향했다. 시우의 말은
틀린 적이 없으니까, 분명 어울릴 거야. 진아는 스스로를 납
득시키며 미용실 유리문을 열었다.

"황진아 님 맞으시죠? 검은색으로 염색하는 거 맞죠?"

직원의 물음에 진아는 시선을 내리깔고 대답했다.

"아, 네⋯⋯."

직원은 염색약을 섞으며 진아에게 다가왔다. 빗에 약을 듬
뿍 찍어서 진아의 머리카락에 촤악, 발랐다. 끈적하고 차가
운 액체가 점점 진아의 머리를 덮었다. 차가운 아이스크림을
먹어 머리가 띵한 것 같은 기분이 들었다.

잠시 후, 직원이 진아의 젖은 머리를 드라이로 말렸다.

"다 됐어요."

거울을 봤다. 이렇게 새까매질 수 있구나. 진아는 뭔지 모를 미묘한 감정을 누른 채 왼쪽 볼에 묻은 염색약을 지우려고 문질렀지만 지워지지 않았다.

다음 날, 진아는 어김없이 점심시간에 공터로 향했다. 먼저 도착한 진아는 나무에 기대 이어폰으로 힙합 노래를 듣고 있었다. 곧이어 시우가 손을 흔들며 진아에게 다가왔다.

"역시 검은색 머리 잘 어울린다."

"난 좀 어색한데……."

"아니야! 진짜 원래 머리색보다 훨씬 예뻐! 피부도 더 환해 보이고."

"그래? 다행이다. 시우가 좋으면 나도 좋아! 노래 같이 들을래?"

시우가 고개를 끄덕였고, 진아는 이어폰 한쪽을 시우에게 넘겼다. 시우는 힙합 노래를 듣더니 표정이 굳어졌다.

"노래가 좀 난해하다. 난 별로인 것 같아."

"왜? 신나잖아!"

"저런 노래를 부르는 사람들에 대한 인식이 안 좋잖아."

"응? 다 그렇지는 않아."

"일반적으로 그렇잖아. 저런 노래를 들으면, 그 사람들이랑 같은 취급을 받는 것 같아서 난 싫어. 나에게 진아는 너무 소중해. 좋은 노래만 들었으면 좋겠어. 널 위해서야."

"근데 난 힙합도 좋은 노래라고 생각하는데."

공기의 흐름이 팽팽해졌고 미묘한 신경전으로 긴장감이 고조되었다. 진아는 팔을 쭉 펴고 치마를 꽉 잡았다. 왠지 물러서고 싶지 않았다. 점심시간이 끝나는 종소리가 울렸고 서로의 눈을 피하며 각자 반으로 들어갔다.

시우는 쉬는 시간마다 진아에게 카톡으로 링크를 보냈다.

─ 이거 한번 들어 봐.

─ 가사가 참 예뻐! 공부하다가 힘들 때 들으면 힘이 날 거야.

집에 가면서 시우가 추천해 준 발라드를 재생 목록에 담았다. 아, 몇 곡만 들어도 이렇게 지루한데. 진아는 자신에게 발라드가 맞지 않는다고 생각했다. 그래도 발라드를 들어 보려고 애썼다. "나에게 진아는 너무 소중해"라고 시우가 했던 말이 자꾸 귀에 맴돌았으니까. 이런저런 생각을 하다가 미처 핸드폰을 보지 못했다.

─ 뭐 해?

─ 왜 답 없어?

- 뭐 하고 있어?
- 뭐 하냐고!

시우에게 온 카톡이 쌓여 있었다.

- 미안해. 나 이제 집에 도착했어.
- 뭐 했는데?
- 네가 추천해 준 노래 들었어. 그래서 답을 못 했어.
- 바로바로 답장해. 10분 지나기 전에. 걱정돼. 내일 학교에
  서 봐.

진아가 두 손으로 얼굴을 감쌌다. 요즘 들어 연락 문제로
자꾸만 트러블이 생겼다. 하아, 빨리 답을 해야 하는 압박감
에 진아는 자꾸 한숨이 나왔다.

5

주말이 왔다. 시우는 공부를 하자며 도서관에서 만나자고 했
다. 둘은 도서관 자리에 나란히 앉았다. 시우는 가방을 뒤적
거리더니 공책 한 권을 꺼냈다. 공책 겉표지에 '진아 공부 프
로젝트'라는 검은색 글씨가 굵게 적혀 있었다. 진아가 고개

를 갸우뚱했다.

"이게 뭐야?"

"아, 우리 진아 공부시키려고!"

시우는 진아에게 한 시간 동안 공책에 적혀 있는 내용을 다 암기한 다음, 하얀 A4 용지에 써 보라고 했다.

"나, 못하겠어……."

한 시간이 지났지만 진아는 절반도 외우지 못했다.

"시우야, 너무 어려워……."

"아니야, 할 수 있어! 한 시간 더 줄게."

몇 시간이 지나도 진아는 내용을 숙지하지 못했다.

"이것도 못 외워? 이래서 어떻게 나랑 같은 대학 갈래? 우리가 같은 대학을 가야 더 붙어 있고 행복해지잖아!"

"미안해……."

시우는 주말마다 진아를 도서관에 끌고 갔다. 공책에 적힌 내용을 외우지 않으면 쉬지도, 음식을 먹지도 못 하게 했다.

"나 물이라도…… 마시게 해 줘."

"외우지도 못했는데 뭘 먹어, 나도 다 그렇게 해서 공부했어. 얼른 외워."

분명 맞는 말이지만 진아는 시우의 계획을 따라가는 것이 버거웠다. 암기를 잘해서 시우의 차가운 눈빛을 그만 보고 싶은데, 멍청한 뇌가 따라 주지 않아. 왜 난 항상 이렇게 부족할까? 진아는 매번 시우의 눈치를 보는 이 상황이 힘겨웠다. 이젠 주말이 오는 게 두렵기까지 했다. 차라리 학교에 있을 때가 좋았다.

드디어 평일이다. 학교를 간다! 학교에서 수업 듣는 게 이렇게 기다려지다니, 진아는 한숨을 푹 쉬었다. 1교시, 2교시, 3교시, 4교시. 그렇게 수업 시간이 끝나고 점심시간이 되었다. 진아는 도축장에 끌려가는 것처럼 실내화를 질질 끌며 공터로 향했다. 시우가 나무에 기대서 있었다.

"너, 왜 웃었어?"

"응? 뭐가?"

"너 다른 남자 보고 왜 웃었냐고. 아까 쉬는 시간에 간식 주러 가다가 봤어. 신나서 다른 남자랑 말하고 있던데?"

뭐지, 언제였지? 진아는 오늘 있었던 일을 기억해 내려고 했다. 아무리 생각해도 그런 적이 없었는데, 아! 지우개를 떨어뜨려서 앞자리에 앉은 민우가 주워 줬었지, 그래서 고맙다 하며 웃었던 기억이 떠올랐다.

"그건, 민우가 지우개를 주워 줘서."

"민우? 성도 안 붙이고 부르네? 어쨌든 걔 보고 웃었던 거

지? 나도 이제 다른 여자 보고 막 웃고 그럴까? 그러면 너 좋
겠어?"

"아니……."

쌀쌀한 봄바람이 진아와 시우를 횡횡, 스쳐 지나갔다. 진
아는 자신을 내려다보는 시우의 시선이 버거웠다. 요즘 들어
자주 보이는 차가운 눈빛. 이 순간 어떻게 해야 하는지 잘 알
고 있었다. 그렇다, 사과를 해야 했다.

"내가 미안해……."

안기를 했어, 뽀뽀를 했어? 사심이 있어서 웃은 것도 아닌
데, 왜 사과를 해야 하는 걸까? 잠깐 억울한 마음이 들었지
만 다시 생각해 보니 시우의 말이 맞았다. 아니야, 내가 잘못
한 거야. 내가 모자란 거야. 내가 좀 더 잘해야 하는데. 난 왜
이리 부족할까? 진아는 그렇게 가끔씩 가슴속에서 올라오는
말을 꾹꾹 누르고 눌렀다.

요즘 진아는 노래를 잘 듣지 않았다. 혹시 노래를 듣다가
시우의 연락을 못 보면 안 되니까. 시우가 카톡을 보내면
10분 안에 무조건 답장을 했다. 시우가 '잘 자'라고 하기 전
까진 핸드폰을 손에서 놓지도, 먼저 잠을 자지도 못 했다.
학교에서 남자아이들과 말도 섞지 않았다. 혹시 시우가 지
나가다 보면 오해를 할지도 모르니까. 학교에서도 시우가

외우라고 한 내용을 달달 외웠다. 괴로웠지만 평일에 외워
두면 주말에 조금 덜 힘들었다. 머리가 조금이라도 자라면
검은색으로 뿌리 염색을 했다. 시우가 검은색 머리를 좋아
하니까. 아이보리 옷은 모두 옷장 깊숙이 넣어 두고 검은색
옷을 앞으로, 손에 잘 집히는 곳에 두었다. 시우가 검은색
옷이 잘 어울린다고 했으니까.

그 후로 진아는 시우와 싸우지 않았다. 하루, 이틀, 일주
일, 한 달. 그렇게 시간이 흘렀다. 모든 게 완벽했다.

6

가물가물 아지랑이가 피어오르는 여름이 오면서부터 진아는
이상했다. 몸속에서 무언가 끓어올랐다. 저 깊은 곳에서부터
무언가 끓어올라 울컥울컥했다. 왜 자꾸 쪼그라드는 것 같을
까? 여름이라서 그런가? 진아는 요즘 들어 부쩍 생각이 많아
졌다. 책상에 있는 분홍색 립스틱을 보았다. 시우에게 답을
해야 했다. 10분이 지나면 안 되는데, 진아의 몸이 파르르 떨
렸다. 핸드폰을 찾아 더듬거리다 서랍에서 바닥으로 탁, 떨
어졌다. 끙끙대며 떨어진 핸드폰을 집었다.

─ 뭐 해?

─ 왜 답이 없어?

─ 연락 잘하기로 약속했잖아.

계속해서 카톡이 왔다. 뒤에서 혜수가 진아를 툭 쳤다.

"황지, 너 왜 이렇게 떨어?"

"아, 시우한테 답장을 못 해서. 10분이 지나기 전에 답장해
야 하는데."

"뭐? 10분? 미쳤어? 어떻게 그걸 딱 정해 놓고 연락을 해?
다른 걸 하다 보면 늦어질 수도 있지. 황지, 너 사생활도 없
어? 연인끼리도 사생활을 지켜야 한다고!"

그 순간 진아는 뭔가 잘못된 걸 느꼈다. 혼란스러웠지만
결심이 섰기에 시우에게 공터에서 보자고 카톡을 보냈다.

먼저 공터에 도착해 있었던 시우가 진아를 보자마자 쏘아
댔다.

"이러지 않기로 약속했잖아! 너 진짜 자꾸 이럴 거야? 연
락은 기본적인 거야, 기본도 안 돼? 내가 어디까지 참아 줘
야 해?"

시우가 내뿜는 화염에 진아는 마치 가뭄이 온 듯 온몸이
마르고 타들어 가는 듯한 기분이 들었다.

"근데 시우야, 혜수가 그러는데 연인끼리도 사생활을 지켜

괴물이 된 아이들

야 한대. 10분마다 연락하는 게 당연한 게 아니래. 우리도 연락을⋯⋯."

진아의 말이 끝나기도 전에 시우는 마치 입에서 불을 내뿜듯 소리를 질렀다.

"사생활? 하, 혜수 걔는 축제에서 다 찢어진 옷을 입고 춤출 때부터 이상하다고 생각했어. 왜 우리 사이를 이간질해? 걔 공부도 못하지? 친하게 지내서 덕 볼 게 없어!"

그동안 꾹꾹 눌러 왔던 억울함이 물밀듯이 밀려오더니 마침내 진아의 목구멍을 타고 역류했다.

"내 친구한테 그게 무슨 말이야? 그리고 난 아무리 생각해도 큰 잘못을 한 것 같지 않⋯⋯."

"잠깐. 너 진짜 이럴 거야? 지금 내가 나만 좋으려고 이러는 거 아니잖아. 나도 너 많이 이해하고 양보하는데, 넌 왜 아무 노력도 안 해? 이럴 거면 그만해!"

끊겼다. 시우는 항상 진아가 무슨 말을 하려고 하면 말을 끊었다. 진아의 말은 횡단보도를 건너 시우에게 갈 수 없었다. 늘 빨간불이었으니까. 애초에 초록불이 없는 신호등이었다. 진아는 무단횡단을 하기로 결심했다. 횡단보도를 다 건너지 못하더라도, 설사 달리는 차에 치여 고통스러울지라도, 그 차로 인해 멀리 날아갈 수만 있다면 피범벅이 되어도 상관없었다.

"그럼…… 그만할까?"

"뭐? 방금 뭐라고 했어? 진심이야?"

"아무래도 이건 아닌 것 같아."

공터에 뜨거운 여름 햇볕이 내리쬐고 있었다. 진아는 손으로 이마에 송골송골 맺힌 땀을 닦았다. 너무 힘들다고, 숨이 안 쉬어진다고, 진아는 타고 남은 재처럼 힘이 빠진 채 말했다. 그 말을 들은 시우는 큰 충격을 받은 듯했다.

"나 너 없이 못 살아. 이러지 마. 내가 싫어진 거야?"

시우의 일그러진 표정을 보니 진아의 마음이 약해졌다. 진아가 고개를 저었다.

"싫어진 게 아니면 내가 맞출게. 헤어지지 말자. 방금은 내가 그냥 홧김에 한 말이었어. 절대 진심이 아니야."

맞출게. 그 한마디에 진아의 마음이 흔들렸다. 갑자기 시우가 진아의 얼굴을 잡았다. 그리고 입을 맞췄다. 시우의 혀가 진아의 입속으로 파고들었다. 그 촉감이 너무도 불쾌했다. 진아는 힘겹게 시우를 뿌리쳤다.

"뭐 하는 거야!"

이 관계는 어디서부턴가 단단히 어긋났다. 매 순간 한쪽 코가 막혀 있어서 한쪽 코로만 숨을 쉬는 기분이었어. 아니,

괴물이 된 아이들

어떨 때는 양쪽 다 막힌 것만 같았어. 진아는 그제야 자신의 모습을 제대로 돌아봤다.

진아의 눈에 채 깎지 못한 손톱이 보였다. 생기를 잃은 죽은 세포가 길게 자라고 있었다. 손톱을 자르지 않으면, 힘겹게 자라다가 언젠가 부러질 게 분명했다. 지금은 딱 손톱깎이를 써야 할 시간이었다. 진아는 눈물을 뚝뚝 흘리며 말했다.

"그만하자, 우리……."

발걸음이 잘 떨어지지 않았지만 진아는 있는 힘을 다해 앞으로 나갔다. 한 걸음, 두 걸음 힘겹게 시우에게서 멀어졌다.

이렇게 연애 마침표가 찍혔다면 시우와의 관계는 한 자락 아련하고 아름다운 추억으로 남았을 것이다. 하지만 따가운 햇살이 쏟아지는 것처럼 자꾸만 장문의 카톡들이 진아의 핸드폰에 쏟아졌다. 내용은 대부분 다시 만나자고 애원하는 거였다.

- 미안해. 다시 돌아와 줘.

- 이러지 마.

- 그럼 얼굴이나 한 번 더 보고 제대로 헤어지자.

- 그럼 더 힘들 거야.

- 마지막으로 한 번만, 한 번만 만나 줘.

진아는 이렇게 헤어지는 건 깔끔하지 않다고 생각했다. 그래서 시우를 만나 단호하게 자기의 결심을 보여 주겠다고 다짐했다.

진아가 시우를 만나기 위해 공터로 가는 길, 햇살은 유독 따갑게 내리쬐고 있었다. 나무 이파리가 그 쨍한 빛을 힘겹게 받아 내는 듯했다. 이렇게 햇빛이 비칠 때 시우는 손바닥으로 진아의 얼굴에 그늘을 만들어 줬었다.

공터에 도착하자 시우가 진아에게 걸어왔다. 수척해진 모습을 보니 진아의 마음 한구석이 찡해졌다. 시우는 진아를 따스한 눈빛으로 바라봤다.

"왜 이렇게 야위었어? 점심밥은 챙겨 먹었어?"

그래, 시우는 사소한 것까지 챙겨 줬었지. 즐겁고 행복한 추억이 가득했던 이곳에서 마지막 마침표를 찍어야 한다는 상황이 진아는 꽤 가혹하게 느껴졌다. 두 눈동자가 흔들렸고, 이내 눈물이 고였다.

"우리 그냥 다시 만나자."

진아를 물끄러미 바라보고 있던 시우가 나직하게 속삭였고 그 말에 정신이 번쩍 들었다. 아니야, 절대 저 잔잔한 목소리에 흔들려선 안 돼. 진아는 숨을 한 번 크게 내쉬고 눈을 똑바로 떴다.

"자꾸 이러면 나 정말 힘들어."

"진아야, 나 너 좋아해. 너도 나 좋아하잖아. 그러지 말고 다시 만나자. 내가 잘할게, 응?"

진아는 가만히 시우의 눈동자를 바라보았다. 저 검고 영롱한 두 눈에 더 이상 속아선 안 돼. 함께 있으면 내가 아닌 것 같아, 난 나이고 싶어. 네가 원하는 난, 진짜 내가 아니니까. 싫어, 더 이상은! 내 색깔이 사라지는 게 싫어! 진아는 속으로 크게 외친 후, 양손을 허리에 올렸다. 그리고 단호히 입을 열려는 순간, 왼손 엄지와 검지 손톱을 탁탁 부딪치며 숨을 몰아쉬던 시우가 흥분한 목소리로 진아를 노려보며 말했다.

"왜 헤어져야 돼? 안 돼, 절대 못 헤어져!"

그 눈빛이었다. 그래, 차갑고 무거운 저 눈빛이 진저리나게 싫었어. 나를 지켜야 해, 헤어지는 게 답이야. 진아는 속으로 다짐하고 시우를 똑바로 쳐다봤다.

시우는 차분하게 손가락으로 앞머리를 정리하곤 미소를 지어 보였다. 그런 시우의 눈 밑이 파르르 떨렸다.

"아니야, 다시 생각해 봐. 우리 좋았잖아."

"진짜 끝이야, 갈게."

이상하리만큼 괴리감이 느껴지는 저 웃음을 보니 마음이

더 확실해졌다. 이제 사랑이란 명목으로 날 희생하지 않아야 해. 진아는 마음을 정리한 후 공터를 빠져나가려고 했다. 그런데 시우 옆을 지나치는 순간 시우가 탁, 진아의 손목을 잡았다.

"이거 놔."

시우는 손을 놓으라는 진아의 말을 무시한 채 진아를 꽉 끌어안았다.

"왜 그래. 너 이런 애 아니잖아."

이런 애? 이런 애가 대체 뭔데? 진아는 허탈했다. 그동안 좋아했으니 시우를 배려한 것이고 이해하려고 노력한 것이었다. 그런데 그 마음을 마치 다 맞춰 주는 바보 같은 존재로 싸잡아서 고작 '이런 애'로 만들어 버리다니. 진아는 있는 힘껏 시우를 뿌리치고 교실로 갔다. 그리고 교실에 오자마자 책상에 엎드렸다. 이내 눈물이 고여 양팔을 적셨다. 왼손, 오른손 한참을 번갈아 가며 눈 주위가 퉁퉁 부을 때까지 닦았다. 진아의 주머니에서 계속 핸드폰 진동이 울렸다. 시우에게서 끊임없이 카톡이 오고 있었다.

7

곧 여름방학이 찾아왔다. 여름방학 첫날, 비가 거세게 쏟아졌다. 설상가상 바람까지 휘몰아쳐 눈을 뜰 수가 없었다. 우산을 부여잡고 집에 들어오던 진아는 깜짝 놀랐다. 시우가 우산도 쓰지 않고 비바람을 맞으며 집 앞에 서 있었다.

"진아야, 어젠 미안했어."

"하, 너 진짜 나한테 왜 이래?"

시우는 온몸에서 빗물이 뚝뚝 떨어지는데도 아랑곳하지 않고 초콜릿 상자를 내밀었다. 그 모습을 본 진아는 착잡한 마음으로 시우에게 자신의 우산을 건네주며 말했다.

"이거 쓰고 가. 그리고 다신 오지 마."

"알았어. 그럼 이거라도……."

진아는 시우가 내미는 초콜릿을 외면한 채 황급히 집으로 들어왔다. 투둑투둑 빗소리가 창문을 두드렸다. 비가 오지 않으면 가뭄이고, 비가 많이 오면 홍수가 난다. 촉촉하게 대지를 적시고 자연을 숨 쉬게 할 수 있는 중간이 딱 좋은데, 나와 시우 사이의 중간은 뭐였을까? 진아는 밤새 뒤척였다.

아침이다. 비 온 후의 눈부신 햇살이 더 밝고 깨끗했다. 진아는 창문을 열었다. 아스라한 하늘을 올려다보면서 지난 일을 털어내 보려고 고개를 흔들었다.

그런데 다음 날도, 그다음 날도 집 앞에 시우가 서 있었다. 하아, 깊은 한숨을 내쉬며 진아는 시우를 피해 아파트 뒤쪽

주차장을 통해 집으로 들어갔다.

부재중 전화 20통
최시우

진아는 핸드폰에 뜬 부재중 메시지를 보며 마음 독하게 먹자고, 이제 진짜 끝이라고 생각했다. 다시는, 다시는 넘어가지 않겠다고, 나를 지키겠다고 다짐하며 시우의 번호 옆에 있는 수신 차단 버튼을 눌렀다.

다음 날, 집 앞에는 시우가 없었다. 이제 끝났구나. 진아는 안심하고 아파트 현관으로 들어갔다. 조금은 가벼워진 마음으로 엘리베이터를 타고 집 비밀번호를 눌렀다. 그런데 문을 열어 보니 현관에 어디서 본 것 같은 신발이 있었다. 그때 진아 엄마가 웃음 섞인 목소리로 말했다.

"진아야, 남자 친구 놀러 왔어. 오늘 보기로 했다며. 놀고 있어. 엄마 장 보고 금방 올게."

"그게 무슨 소리……."

진아가 말을 다 하기도 전에 진아 엄마는 현관문을 열고 나갔다. 방문을 열자 시우가 웃으며 손을 흔들었다.

"왔어? 보고 싶었어. 진아야, 넌 어렸을 때부터 예뻤구나!"

　　　　　　　　　　　　괴물이 된 아이들

시우가 사진첩을 들고 있었다. 뭐 하자는 거지? 진아는 어이가 없고 황당했다. 당장 시우가 들고 있던 사진첩을 뺏어서 책상 위에 올려놓은 뒤, 진아는 이마에 손을 얹으며 한숨을 내쉬었다. 그리고 시우를 똑바로 쳐다보며 언성을 높였다.

"뭐 하는 거야? 우리 헤어졌어. 제발 이러지 마."

진아가 무슨 말을 하든 시우는 아랑곳하지 않았다. 시우가 진아를 빤히 바라보며 말했다.

"어? 내가 사 준 립스틱 발랐네. 예쁘다."

진아는 다급하게 자신의 손을 입으로 가져갔다. 그러곤 양손으로 입술을 벅벅 문질렀다. 분홍색 립스틱이 이리저리 입술 경계를 삐져나와 번졌다.

진아는 시우가 보는 앞에서 서랍에 있던 분홍색 립스틱을 꺼내 쓰레기통에 던졌다.

"앞으로 다시는 이거 바를 일 없어. 너도 볼일 없고. 그러니까 당장 나가. 이거 스토킹이야. 무섭다고! 자꾸 이러면 신고할 거야!"

그렇게 매몰차게 굴자 시우는 더 이상 진아를 찾아오지 않았다.

진아는 양치질을 하며 거울을 봤다. 그리고 마음속으로 생각했다. 진아야, 너 그동안 너무 힘들었어. 정말 잘 헤어졌어. 진짜 수고했다. 이제 더 이상 진아의 마음속에는 시우에 대한 아련한 마음이 남아 있지 않았다. 양치를 하고 침으로 범벅되어 걸쭉하게 변한 치약을 퉤, 뱉었다. 물로 입을 헹궜다. 한 번, 두 번, 세 번, 네 번, 다섯 번. 끝!

"개운하다."

진아는 칫솔을 컵에 탁 꽂고 화장실을 나왔다.

8

기나긴 여름방학이 지나고 고2 2학기가 시작되었다. 진아는 핸드폰을 확인했다.

24도. 대체로 맑음.

학교 갈 준비를 하던 진아는 오렌지색 틴트를 바르고 거울 앞에서 자신의 모습을 바라봤다.

"예쁘다. 잘 어울려."

진아는 뮤직 앱을 켰다. 재생 목록에서 시우가 추천해 준 노래들을 지우고, 다시 자신이 좋아하는 노래로 채웠다. 그래, 이게 바로 황진아라고! 진아는 유난히 푸르고 맑은 하늘을 보며 미소를 지었다.

학생회장이 결정되는 날이라 학교 분위기가 뒤숭숭했다. 진아는 개학을 하고 시우와 마주친 적이 없었다. 3일 전, 강당에서 자신을 뽑아 달라고 연설하는 시우를 보기 전까지는. 이제는 정말 괜찮아진 줄 알았는데, 막상 시우의 목소리를 들으니 끔찍했던 기억이 떠올랐다. 아니야, 이젠 끝났어. 다시 만날 일은 없을 거야. 진아는 불안한 마음을 스스로 다독였다. 회장 선거 투표지 1번에는 '최시우' 이름이 적혀 있었다. 그 이름을 보면서 진아는 차마 1번에 도장을 찍지 못했다.

회장 선거 결과가 발표되는 순간이었다.

"최시우!"

강당 사방에 배치된 스피커를 통해 그 이름이 울려 퍼졌다. 교장선생님은 새로운 학생회장의 탄생을 알렸다. 그 주인공인 최시우는 강당 위로 올라가더니 카디건을 가다듬고는 방긋 웃었다. 괴리감이 느껴지는 웃음이었다.

"여러분, 뽑아 주셔서 감사합니다. 저 최시우 잘해 보겠습니다!"

사람들은 진짜 저 아이의 모습을 모르겠지? 저기 서 있는 저 인간이 얼마나 집요하고 무서운지 꿈에도 알 수 없겠지?

진아는 소름이 끼쳐 양손으로 치마를 꽉 붙잡았다.

학교가 일찍 끝났다. 진아는 왠지 모르게 찝찝한 기분을 뒤로한 채 화장실로 향했다. 손을 씻으며 거울을 보는데, 어느새 머리 한가운데 검은색 머리카락을 비집고 금빛에 가까운 갈색 머리카락이 눈에 띌 정도로 자라 있었다. 염색을 해야겠다는 생각에 진아는 핸드폰을 켜서 미용실 예약을 잡았다.

"이쪽으로 오세요. 검은색으로 뿌염 하는 거죠?"

미용실 직원의 물음에 진아는 고개를 끄덕였다. 안내받은 미용실 의자에 앉아 거울을 봤다. 직원이 염색약을 가지고 진아 옆으로 왔다. 순간 진아는 거울에 비친 자신의 머리를 봤다. 그리고 머리카락의 작은 영역을 차지하고 있는 금빛의 갈색 머리카락을 쓰다듬으며 생각했다. 이게 원래 내 머리색인데······.

직원이 염색약을 머리카락에 바르려고 하자, 진아가 얼른 손사래를 치며 말했다.

"정말 죄송한데 머리숱만 좀 칠게요."

진아는 미용실을 나오며 이어폰으로 노래를 들었다. 흘러나오는 힙합 노래를 따라 부르니 좀 전에 느꼈던 불편한 기분이 약간 사라졌다. 그래, 난 단단해졌어. 드디어 나의 색으로 돌아왔어. 몽글몽글 하얀 구름들이 진아의 손에 잡힐 것

　　　　　　　　괴물이 된 아이들

만 같았다. 오렌지색 틴트를 손에 꼭 쥐고 노래에 맞춰 흔들흔들 앞뒤로 움직였다. 하얀색과 분홍색의 보도블록을 왔다 갔다 움직이면서 가벼운 스텝을 밟았다. 집에 거의 도착할 때쯤 핸드폰 배터리가 바닥나서 노래가 끊겼다.

"진아야! 어디 갔다가 이제 왔어?"

이어폰을 뽑고 익숙한 목소리가 들렸다. 집 앞에 있어서는 안 될 실루엣이 보였다. 설마…… 아니길, 아니길 바랐는데, 점점 그 형체가 선명해졌다. 또다시 진아 앞에 시우가 서 있었다. 바람이 쉬익, 시우의 머리카락을 흐트러뜨렸다.

"있잖아, 나 학생회장 된 거 봤어? 잘했지?"

진아를 본 시우가 하얀 치아를 드러내며 씩 웃었다. 시우의 눈 밑과 입술 끝이 파르르 떨리고 있었다. 진짜 최악이야. 진아는 그 웃음을 보는 게 불쾌하고 진저리 나게 싫었다.

"너 왜 여기 있어?"

진아는 자신이 들어도 놀랄 만큼 낮고 퉁명스러운 톤으로 말했다.

"우리 엄마가 그랬어. 나 학생회장 돼서 더 멋져지면 네가 돌아올 거라고. 그래서 나 진짜 열심히 준비했어."

진아는 그 모습에 화가 났고, 한편으로는 섬뜩했다. 한때 사랑했던 사람에 대한 예의라고는 찾아볼 수 없었다. 대체 왜 여기 있는 거야? 대체 왜, 왜! 내가 좋아했던 존재가 정녕 이 사람이 맞을까? 진아는 짜증이 났다.

"하, 이미 끝났잖아."

"우리 정말 안 되는 거야? 나 학생회장도 됐다니까?"

언제까지 날 괴롭히려는 걸까? 이 악연을 어떻게 해야 끊어 낼 수 있는 걸까? 짧은 시간 고민해 봤지만 진아는 도무지 답을 찾을 수 없었다. 그런데 한 가지는 확실했다. 더 이상 보고 싶지 않다는 것. 징그러운 바퀴벌레를 보듯 진아의 표정이 일그러졌다.

"안 된다고 몇 번을 말해야 해? 끝났다고. 학생회장이 뭐? 그게 뭐?"

진아의 말에 시우가 눈물을 뚝뚝 흘리더니, 이내 아이처럼 꺽꺽 소리를 내며 울었다. 그런 시우가 징그럽고 끔찍했다. "아니야, 아니야" 하면서 시우가 혼잣말을 했다. 마치 신들린 것처럼. 갑자기 시우가 양손으로 머리를 벅벅 쥐어뜯더니 고래고래 소리를 질렀다. 사나운 짐승이 냈다고 해도 이상하지 않을 정도였다. 마치 머리가 어떻게 돼서 미친 것처럼.

"으아아! 아악!"

진아는 참기 힘들었지만 저 짐승 같은 생물체와 동급이 되고 싶지 않았다. 최대한 평정심을 유지하려고 노력하며 입술

괴물이 된 아이들

을 꽉 깨물었다. 그런 다음 심호흡을 하고 말했다.

"그만하고 가……."

"으아아아아! 나 진짜 너 없으면 안 돼. 너밖에 없다고!"

이제 도저히 참기 힘들었다. 화가 치밀어 올랐다. 사귀면서 시우에게 모든 걸 맞춰 줬는데…… 헤어질 때도, 아니 헤어지고 나서도 왜 내가 맞춰 줘야 하는 건데? 왜? 열여덟 살의 소녀는 더 이상 자신의 감정을 주체하기 힘들었다. 마음속에 들끓던 반항심은 화산이 폭발하듯 터져 버렸다. 마음 깊숙한 곳에서 분노라는 용암이 내장을 지나 식도를 타고 입 밖으로 울컥울컥 뿜어져 나왔다. 진아도 이성을 잃고 악을 썼다.

"아! 진짜 꺼져. 꺼져. 꺼지라고!"

그 말을 듣자 시우가 좌우로 고개를 까딱거렸다. 우드득. 목에서 뼈 소리가 났다. 곧이어 시우는 헉헉 숨을 헐떡이며 자신의 가슴팍을 내리쳤다. 본인도 통제가 안 되는 듯 계속 자신을 때렸다.

"너 없으면 살 수가 없어. 숨이 너무 막혀. 너와 있을 때 유일하게 내가 된 것 같아. 포기할 수 없어."

시우는 울먹이며 교복 주머니에서 무언가를 꺼냈다. 칼이었다. 진아는 칼을 보자마자 섬뜩해졌다. 한 걸음, 두 걸음 뒷걸음질을 쳤다. 꿈이길, 제발 꿈이길. 진아는 현실을 부정하고 싶었다. 이 상황이 무섭고 끔찍했다.

"넌 내 거야! 내 거!"

드르륵. 시우가 칼날을 위로 올리고 진아에게 다가갔다. 한 걸음, 두 걸음.

"내 옆에 있겠다고 약속해! 빨리, 제발! 안 그러면 나도 어쩔 수 없어!"

진아는 속으로 경악했다. 말려야 할까, 도망가야 할까. 도망가면 잡히겠지? 진아는 일단 말려야겠다고 결정을 내렸다. 손에 쥐고 있던 오렌지색 틴트를 꽉 쥐고 말했다.

"알겠어. 알겠으니까, 진정해. 시우야, 그 칼 좀……."

헤어지는 게 왜 이렇게 힘들까? 아니, 헤어질 수는 있는 걸까. 대체 어디서부터 잘못된 걸까. 진아의 온몸이 달달달 떨렸다. 간담이 서늘하고 뼈저리게 두려웠다. 지금 이 감정은 공포였다. 진아를 향하던 칼이 바닥으로 스르륵 떨어졌다. 잠깐의 정적이 흐르고 시우가 물었다.

"그럼 우리 다시 만나는 거지?"

"시우야, 그건…… 힘들 것 같아."

"아악! 아아악아악! 내 옆에 있겠다고 약속했잖아! 왜, 왜, 거짓말해?"

진아가 말릴 틈도 없이 시우는 땅에 떨어진 칼을 주워서

괴물이 된 아이들

자신의 손목을 그었다. 너무 놀란 나머지 진아는 오른손에 쥐고 있던 오렌지색 틴트를 떨어트렸다. 시우의 팔목에서 핏방울이 맺히기 시작하더니 이내 땅으로 흘러내렸다.

"난 너랑 못 헤어져. 절대로……."

그 말을 끝으로 시우는 맥없이 고개를 떨구었다. 진아는 부들부들 떨며 시우의 손목을 꼭 붙잡았다. 그때 시우의 팔목에 채 아물지 않은 울긋불긋한 여러 겹의 선들이 보였다. 자해? 진아는 소스라치게 놀랐다. 가슴이 빠르게 뛰었다. 아, 이럴 시간이 없어, 119…… 119에 전화를 해야 해, 진아는 뒤적뒤적 시우의 주머니에서 핸드폰을 꺼냈다. 딸깍, 핸드폰이 켜졌다.

부재중 전화 90통
엄마

24도인데도 불구하고 가을바람 때문인지 진아의 양팔에 자꾸만 닭살이 돋았다. 진아의 양손이 점점 붉은 피로 물들어 갔다.

세상에 당연한 것은 없습니다. 당연하다고 여기는 마음만 존재할 뿐. 우리는 항상 경계해야 합니다. 당연하지 않은 걸 당연하게 여기고 있지는 않은지.

마음에 드는 이에게 잘 보이고 싶은 마음은 모두 같을 겁니다. 그 마음이 커지고 커지다 자칫 잘못하면 무조건적인 복종이라는 무능력한 녀석으로 변하기도, 광적인 집착이라는 고약한 녀석으로 변하기도 합니다. 돌이켜 보면 저는 진아였던 적도, 시우였던 적도 있었습니다.

이 소설은 제게 참 의미가 많은 작품입니다. 저를 한없이 웃게 해 주었고, 끝없이 울리기도 했으니까요. 살아가면서 본인이 선택하지 않은 일로 아픈 날이 생각보다 많을 겁니다. 그러니 스스로 선택한 일로 아파하지 말았으면 합니다. 저는 글을 쓰기로 선택한 제 자신에게 참 고맙습니다.

혹여 이 작품을 읽고 지금 여러분이 마주하고 있는 상황이 당연한 것이 아니라는 걸 인지하게 된다면, 그래서 작품을 읽은 후에 한 발이라도 앞으로 내디딜 수 있는 선택을 하게 된다면 저는 그걸로 충분합니다. 성공입니다.

간절히, 또 간절히 바랍니다. 부디 여러분의 앞길에 멈춤은 있어도, 무너짐은 없기를!